穿越千年，惊艳如初

《诗经》里的动植物

吴玲 —— 著

长江出版社
CHANGJIANGPRESS

一人之本，谓之风；言天下之事，形四方之风，谓之雅。雅者，正也，言王政之所由废兴也。政有大小，故有小雅焉，有大雅焉。颂者，美盛德之形容，以其成功告于神明者也。是谓四始，诗之至也。

然则《关雎》《麟趾》之化，王者之风，故系之周公。南，言化自北而南也。《鹊巢》《驺虞》之德，诸侯之风也，先王之所以教，故系之召公。《周南》《召南》，正始之道，王化之基。是以《关雎》乐得淑女，以配君子，忧在进贤，不淫其色；哀窈窕，思贤才，而无伤善之心焉。是《关雎》之义也。

梧桐

图书在版编目（C I P）数据

穿越千年，惊艳如初 ：《诗经》里的动植物 / 吴玲著 .
— 武汉 ：长江出版社，2021.12
ISBN 978-7-5492-7945-6

Ⅰ . ①穿… Ⅱ . ①吴… Ⅲ . ①《诗经》—诗歌欣赏②
动物—普及读物③植物—普及读物 Ⅳ . ① I207.222
② Q95-49 ③ Q94-49

中国版本图书馆 CIP 数据核字（2021）第 194369 号

穿越千年，惊艳如初 ： 《诗经》里的动植物 / 吴玲 著

出　　版	长江出版社
	（武汉市解放大道 1863 号　邮政编码：430010）
选题策划	天河世纪
市场发行	长江出版社发行部
网　　址	http://www.cjpress.com.cn
责任编辑	罗紫晨
印　　刷	三河市腾飞印务有限公司
版　　次	2021 年 12 月第 1 版
印　　次	2021 年 12 月第 1 次印刷
开　　本	880mm×1230mm　1/32
印　　张	8.25
字　　数	185 千字
书　　号	ISBN 978-7-5492-7945-6
定　　价	58.00 元

《诗经》中涉及的花鸟草木不但情貌俱全，也与当时人们的生活密切相关。每一首诗都是那时人们生活场景的重现，一草一木间都带着朴素的感情。细心观察这些动植物，你会看到草木的蓬勃，听到走兽的嘶吼，感受到飞鸟的自在。虽时间久远，但亲近之感却又如此浓厚。

　　《诗经》之中的一草一木、一鸟一兽，明亮鲜活，让我们觉得既陌生又熟悉。它们有些历经数千年，大量名称已经发生改变，甚至彻底消失在我们的视野之中。当我们穿过千年迷雾回望过去，它们似乎又不单单是植物、动物那般简单。正如王国维所言："昔人论诗词，有景语、情语之别，不知一切景语，皆情语也。"在古老的诗行中，其背后所隐藏着的文学、文化、历史、地理、艺术等知识，也值得探究和玩味。

　　我们能够从《诗经》中，探寻那些我们常见的花花草草、虫鱼走兽的前世今生，畅游在完全不同的时空中。听它们诉说着自己特有的故事，或是被人们青睐，或是被人们所摒弃。尤其是那些已然销声匿迹的动植物，我们只能通过千年前遗留的珍贵文字来窥探它们的样貌。当我们通过一行行诗句，通过后来人一点一滴的探索积累，终于距离它们遥远的过去又近了一些。

　　我们热爱自然，但似乎又爱得不够浓烈。活在钢筋水泥的都市，这是人类文明发展的必然，但在某种意义上，我们也遗失了那些曾经

序

纯真无限，美得令人窒息

　　《诗经》距今已有2000多年的历史，它是中国古代诗歌的开端，是唐诗宋词的最初基因，数千年备受历代读书人的推崇。它热情浪漫，意境唯美，在文学史上具有极高的地位。其中许多光听听名字，就令人觉得很惊艳的动植物，让《诗经》变得更为灵动。

　　《诗经》共有300余篇，据不完全统计，其中涉及植物130多种、动物100多种，它是较早记录花鸟草木、虫鱼鸟兽的自然之书。

　　孔子曰："诗可以兴，可以观，可以群，可以怨；迩之事父、远之事君；多识于鸟兽草木之名。"《诗经》里的动植物，在字里行间无不透着淳朴与灵动。南朝文学评论家刘勰说："人禀七情，应物斯感，感物吟志，莫非自然。"《诗经》便是如此，与自然万物浑然无间，"好鸟枝头亦朋友，落花水面皆文章"。

黄鳥

梁

稻

桃

的淳朴之美。花花草草没有变，变的是我们的心，匆匆间太久没有停下脚步，注视默默陪伴着我们的但愈发生疏的草木虫鱼……

　　古人与今人，同样有思念，有烦恼，有委屈，有不甘……唯独不同的是，他们似乎与自然离得更近些，他们熟知身边的每一棵树、每一株草、每一只小动物。而我们，科技发达、经济发达，但欠缺与自然的亲密度。我们活在被自己改造好的环境中，却一不小心将自己与自然隔开。

　　是时候做出改变了，拿出一些空闲时间，去听风、去看雨、去赏花、去观月……以及穿越时光的洪荒，去《诗经》里看看过去的草木虫鱼，它们有自己的个性，有自己的故事，也有与今人剪不断的种种联系，在下一次外出时，我们或许就能有意识地抬头看看天空，目光锁定几只飞鸟，或是瞧瞧路边的花草树木，想起它们的曾经，会让人不禁莞尔一笑。

　　如果能从本书习得一些学识，是好的。如果能因为本书唤起对自然的爱与兴趣，让生活平添些许乐趣，是极好的。

　　越古老，越美好，因为它记录了生活的质朴，还原了先民的淳朴与率真。

目　录

木卷　绿叶发华滋

鸟 卷　处处闻啼鸟

兽 卷　风吹草低见牛羊

虫 卷　霜草苍苍虫切切

鱼 卷　常有羡鱼心

草 卷 一岁一枯荣

花花草草，一岁一枯荣，如此安静，如此腼腆，不言不语，情义却已经流转了千万回。身处喧嚣尘世，心却穿梭于《诗经》之中，与古老的植物面对面，静听远古的风和雨，获得久违的平和。

舜 华

　　"舜英"或"舜"，即木槿花，是一种锦葵科木槿属的落叶灌木或者小乔木，原产自非洲。我国最早关于木槿花的记载则在《诗经》中，"有女同车，颜如舜华"，姑娘和我同乘车，容貌就像木槿花那般美好。

　　木槿花的花朵一般呈白色、红色和淡红色，特殊些的则是淡紫色或者粉红色，深浅不一，人们多喜欢将它栽种在路边或者庭院里。花瓣叶片较大，边缘呈锯齿状，也常见不规则的缺口，花瓣层层叠叠，相互交错，热闹繁华。木槿属落叶性灌木，春天萌新，秋冬落叶。

　　木槿美好且实用，古人将槿叶用作洗头的清洁品。洗头前，将新鲜的槿叶剪碎用纱布包裹起来，然后放进水中反复揉搓，直至揉出泡沫，就可以开始洗头了。尤其是七夕乞巧时，便会用槿叶洗头，木槿淡淡的清香混着雀跃的心情，去与执手诉相思的人相会。

　　木槿花性凉，味甘、苦，有清热、利湿、凉血的功效；根性平，味甘，可清肺化痰、解毒止痛；叶性寒，味苦，可除诸热、导积滞。

　　早在先秦时期，人们就以此来形容窈窕淑女，而"木槿"二字本身，就带着淡淡的清新意味。在上古时期，还有一段关于舜华、舜英、舜姬三位花神的故事。

　　在古帝丘东有一处名为历山的丘陵，在山脚之下生长着三墩木槿，"高若两丈、冠可盈亩"，夏秋之际，花开烂漫。当时有"四凶"之称的"浑沌""穷奇""梼杌""饕餮"，妄图将木槿占为己有，奈何树倒后花朵也迅速随之陨落，仿佛瞬间失去了生命力。虞舜闻讯赶来，下令将木槿树扶起，在汲水浇灌后，木槿鲜活如初。

夜幕之中，木槿树化身仙子飘然入梦，虞舜见三位仙子面若桃花，失神间，三位仙子齐声称之为"恩公"，虞舜不明所以，仙子解释道："吾非人类，乃木槿仙子也。承蒙恩公扶危相救，得以保全体容。"虞舜听罢，起身长揖曰："不知仙神降临，有失大礼，望上仙见谅。"其中一位仙子正色说道："吾姊妹仅为百花属员，恩公乃天之骄子，岂敢劳您大礼？况我姊妹已奏明天帝以恩公讳舜为姓，以报大恩。"话音未落，仙子便消失于月光之中。之后，虞舜将三墩木槿移入新城内，繁花似锦，贵为国花。

木槿花又名"朝开暮落花"，因为它的花期短，早上盛装开放，晚上就变成了"落英"。明代文震亨的《长物志》称："花中最贱，然古称'舜华'，其名最远；又名'朝菌'。编篱野岸，不妨间植，必称林园佳友，未之敢许也。"

魏晋时期"竹林七贤"中的阮籍称之为"日夕花"，李商隐则叹息到"风露凄凄秋景繁，可怜荣落在朝昏"，以其朝开夕凋之意，比喻"红颜命薄，得欢于转瞬"，人如槿花，境况凄凉。

瞬间芳华，就可悲可叹吗？不同的心境，或许有不同的答案。

春去秋来，落英缤纷，尤其对朝开暮落的木槿花，无论是古人还是今人，都免不了一番感伤。但何不转念想想，"舜华"虽朝开暮落，或许短暂，但生命之奥秘，岂是单看一朝一夕的变化。看似芳华一瞬，木槿却自有其蓬勃的生命力，日日欣欣向荣，何来感伤？

开一朵，落一朵，再开一朵……循环往复，挂在枝头上的一直是新花嫩蕊，即便"朝开暮落"，来去匆匆，却多了几分盎然生机。不似菊花、栀子那般，留着衰败的花朵，徒留感伤。如此，全然不必为木槿花惋惜。

木槿花开，木槿花落，千年前的故事说了又说，依旧耐人寻味。同车的姑娘，有着木槿花般的容颜，举止娴雅，体态轻盈，令人难忘，这份藏不住的欣喜，穿过千年，仍如此鲜活。

出处

郑风·有女同车

有女同车，颜如舜华，将翱将翔，佩玉琼琚，彼美孟姜，洵美且都。

有女同行，颜如舜英，将翱将翔，佩玉将将。彼美孟姜，德音不忘。

卷 耳

卷耳，又名苍耳，石竹科，卷耳属，果实呈枣核形，带着钩刺，嫩苗可食，子可入药。在山坡、草地及灌木丛中，可以肆意生长。《毛传》云："卷耳，苓耳也。"朱熹《诗集传》记载："卷耳，枲耳。叶如鼠耳，丛生如盘。"乍一听名字似乎有些陌生，但见了就会知道，这是生活中常见、熟悉的植物，大家多多少少都与它有过接触。

苍耳虽为杂草，但却与众不同。它的果实满身是刺，其他动物不经意地路过，就会轻易带走它，"走南闯北"，"一路流浪"。正因如此，它走遍天下，随遇而安。走到哪里，就在哪里扎根，从旅人变成故人，将异乡变为故土。

《楚辞》中记载，苍耳与蒺藜、窃衣因为果实带刺，所以被视为"小人"。在《植物名实图考》中说："鬼见愁生五台山。紫毛森森如猬刺，梢端作绿苞。"《清凉山志》里说，"以其悬门首，能畏鬼。人称鬼见愁。"其实，苍耳不叫鬼见愁，《博物志》称为"羊负来"，因为会黏附在羊的毛皮上，正如北宋文学家秦观诗曰："梦魂思汝鸟工往，事故著人羊负来。"

　　苍耳有毒、带刺，但对荒弃的土地而言，它是滋养大地的功臣，是开垦荒芜的先行者。它的根深入泥土，挣扎着四处拓展，浑身是"劲儿"，它可以让土壤变得"柔软"，给其他植物创造适宜生长的环境。日月更迭，荒凉的土地日渐变得繁茂，冷清也变得热闹起来。

　　《卷耳》中"采采卷耳，不盈顷筐"，所提到的"卷耳"，其实是苍耳的嫩苗，可以当作食物用来果腹。诗中，一个女子拎着小筐，在野外采着卷耳，人在采卷耳，心却早就惦念起离家在外的丈夫，装模作样地采啊采啊，终究是没能敌得过思念之情，才心烦意乱地扔掉小筐。寥寥数语，一个思夫的女子形象跃然纸上，真诚热烈，又扭捏得可爱。

"关山三五月，客子忆秦川。思妇高楼上，当窗应未眠"，在南朝诗人徐陵的《关山月》一诗中，处在异地他乡的人，通过前两句抒发思念，后两句同《苍耳》一样，突破时空的限定，描绘了妻子思他的情景。同一轮明月下，有两颗彼此牵挂的心，因而睹月思人。

出处

国风·周南·卷耳

采采卷耳，不盈顷筐。嗟我怀人，寘彼周行。
陟彼崔嵬，我马虺隤。我姑酌彼金罍，维以不永怀。
陟彼高冈，我马玄黄。我姑酌彼兕觥，维以不永伤。
陟彼砠矣，我马瘏矣！我仆痡矣，云何吁矣。

荇（xìng）菜

《关雎》之中的荇菜，今名莕菜，又名金莲儿、水荷，是龙胆科草本植物。《本草纲目》卷十九记载："莕与莼（chún），一菜二种也，并根连水底，叶浮水上，其叶似马蹄而圆者，莼也，叶似莼而微尖长者，莕也，夏日俱开黄花，亦有白花者。"

每年的3月至5月，荇菜返青；5月至10月，则开花结果。在温暖宜人的环境下，有240天左右的青草期，150天左右的花果期；要有水，土壤中要有腐殖质且是中性或微酸性，要有良好的透气性，也要足够深厚。

风吹来，鹅黄色的小花朵，在青翠绿叶的映衬下，摇曳生姿。荇菜节上生根，有些深深地扎入泥土，有些则漂浮于水上，随波荡漾，一副岁月静好的模样。

在《关雎》中，"参差荇菜，左右流之"，柔情之意跃然纸上。南宋罗愿在《尔雅翼》中写道："陂泽多有，今人犹止谓之荇菜，非难识也。叶亦卷，渐开，虽圆而稍羡，不若蓴之极圆也。花则出水，黄色，六出。今宛陵陂湖中弥覆顷亩久，日出照之如金，俗名'金莲子'，状亦似蓴，猪亦好食，民以小舟载取之以饲猪，又可粪田，或因是得'猪蓴'之名"。

杜甫诗云："林花著雨燕脂湿，水荇牵风翠带长"；唐彦谦诗云："荷梗白玉香，荇菜青丝脆"；南宋文学家张镃诗云："青红雨砌戎葵柳，金玉风池荇菜蘋（píng）"。此外，现代诗人徐志摩在《再

别康桥》中写道："软泥上的青荇，油油的在水底招摇；在康河的柔波里，我甘心做一条水草！"千言万语，敌不过柔情一片。

三国时期吴国学者陆玑在《毛诗草木鸟兽虫鱼疏》中记载："荇，一名接余。白茎，叶紫赤色，正圆、径寸余，浮在水上，根在水底，茎与水深浅等。大如钗股，上青下白。鬻其白茎，以苦酒浸之，脆美，可案酒。"

宋药师苏颂曾这样形容荇菜："红花又称荇菜，茎叶深红，根部也很深，味道鲜美。"

李时珍在《本草纲目》卷十九莕菜篇写道，"按《尔雅》云：莕，接余也。其叶符。则凫葵当作符葵，古文通用耳。或云，凫喜食之，故称凫葵，亦通。其性滑如葵，其叶颇似莕，故曰葵，曰莕。"可清热解毒，利尿消肿。

如今，荇菜也并不稀有，时常会出现在老百姓的餐桌上，满足人们的口腹之欲。简单的油炸或是凉拌，复杂些的还有荇菜热蛋面，这些都是美味。古人按照颜色将荇菜分为白色的荇菜、赤荇、紫荇、五彩荇菜等。也正是这五颜六色的荇菜，还可以做成"中原红"汤，学子们在考试之前喝上一碗，饱腹且寓意着"高中"。

正是因为这几分烟火气，也就多了几分亲切感。不仅能做菜肴、酿酒，且有药用价值，对于以食为天的百姓来说，荇菜能吃且好吃，实在是让人不能不喜欢。

关 雎

关关雎鸠，在河之洲。窈窕淑女，君子好逑。

参差荇菜，左右流之。窈窕淑女，寤寐求之。

求之不得，寤寐思服。悠哉悠哉，辗转反侧。

参差荇菜，左右采之。窈窕淑女，琴瑟友之。

参差荇菜，左右芼之。窈窕淑女，钟鼓乐之。

葭

"蒹葭苍苍，白露为霜，所谓伊人，在水一方"，芦苇茂密，露水成霜，所思之人在河水的另一方。

"蒹葭"其实是"蒹"和"葭"两种植物，蒹与萑（huán）、菼（tǎn）则是同一种植物，只不过是按照不同的生长时期有了不同的名字而已。白居易《琵琶行》诗云："浔阳江头夜送客，枫夜荻花风瑟瑟"，其中"荻"是蒹、萑与菼的统称，别名红毛公、芒草。

它刚发芽时，被称为菼；还没有秀穗开花时，被称为蒹；待秋季成熟时，则成为萑。至于葭，是还没有秀穗的芦苇。《毛传》解释说："蒹者，薕；葭，芦也。"毛苌《诗疏》也有类似解释："苇之初生曰葭，未秀曰芦，长成曰苇。苇者，伟大也，芦者，色卢黑也，葭者，嘉美也。"开花前，是芦，开花后则是苇。在我国，芦苇集中分布在白洋淀，成片的芦苇相连，轻柔曼妙，自成风景。

从外形来看，蒹与葭相似，同样在秋天开花，荻花是紫色，寓意着清净、高洁、真情；芦苇花则是黄色，寓意着坚韧、自尊且自卑的爱。二者可以作为织席的材料，用来铺炕、盖房，其嫩芽都可以食用。

荻的秆可以用作烧火的柴火，或是防沙固堤，芦苇的根可以制糖、酿酒或是入药，叶、花、茎也都有药用价值，秀穗可以用来制作扫帚，花絮可以用来充填枕头。芦叶则可以做成名为芦笳的芦笛，元代袁桷在《次韵继学途中竹枝词》中曾经写道："我郎南来得小妇，芦笛声声吹鹧鸪。"说它浑身是宝，丝毫不夸张。

对于《蒹葭》的理解，各有不同，《毛传·小序》记载："《蒹葭》，刺襄公也，未能用周礼，将无以固其国焉。"认为是在讽刺周襄公不用周礼；清代姚际恒《诗经通论》记载："此自是贤人隐居水滨，而人慕思而见之诗。"他认为"伊人"指的是才能的贤人；作家苏雪林则认为："此乃秦人祭河之诗。"此外，更多的是认为这是一首情诗，有着难以言说的思慕情致。

出处

蒹 葭

蒹葭苍苍，白露为霜。所谓伊人，在水一方。溯洄从之，道阻且长。溯游从之，宛在水中央。

蒹葭萋萋，白露未晞。所谓伊人，在水之湄。溯洄从之，道阻且跻。溯游从之，宛在水中坻。

蒹葭采采，白露未已。所谓伊人，在水之涘。溯洄从之，道阻且右。溯游从之，宛在水中沚。

芍 药

　　郑国民风烂漫，人们将农历三月的第一个巳日称作"春浴日"，也叫上巳节，要进行"祓除畔浴"的活动。春意盎然，冰雪初融，又有碧波荡漾，人们相约来到水边，沐浴以洗去污垢，祈求幸福和安宁。

　　这个风俗，在东汉薛汉《韩诗薛君章句》中有记载："郑国之俗，三月上巳之日，此两水①之上，招魂续魄，祓除不祥。"关于"祓除畔浴"，《论语》有一段描述，悠然自得，好不快活："暮春者，春服既成，冠者五六人，童子六七人，浴乎沂，风乎舞雩，咏而归。"

　　《溱洧》描绘的正是过上巳节时的场景，"维士与女，伊其相谑，赠之以勺药"，男男女女嬉闹戏谑，互赠芍药以表真心。芍药隐喻爱情，它的花语就是"依依不舍"，所以又有"将离草"之名。所以在依依惜别之时互赠芍药，诉说着难以明说的情致。《郑笺》道：

---

　　① 即溱水、洧（wěi）水。

"其别则送女以勺药，结恩情也。"《毛诗传笺通释》也有类似解释："又云'结恩情'者，以勺与约同声，故假借为结约也。"结情之约，都寄托在烂漫的芍药上了。

勺藥

在不少诗词大家的笔下，芍药都有一席之地，唐朝文学家元稹诗云"去时芍药才堪赠，看却残花已度春。只为情深偏怆别，等闲相见莫相亲"。一往情深，所以让离别变得更加难以承受。"二十四桥仍在，波心荡，冷月无声。念桥边红药，年年知为谁生。"南宋文学家姜夔看到满城空虚，不由得感叹，芍药花开无人欣赏。

提起芍药，就不得不说起牡丹。二者花期相近，花形相似，有时也会让人傻傻地分不清楚。宋代陆佃《埤雅》写道："今群芳中牡丹品评第一，芍药第二，故世谓牡丹为花王，芍药为花相。"

唐朝刘禹锡诗云："庭前芍药妖无格，池上芙蕖净少情。唯有牡丹真国色，花开时节动京城。"一句"唯有牡丹真国色"，流露出对牡丹的无限偏爱。王贞白则诗云："芍药承春宠，何曾羡牡丹。麦秋能几日，谷雨只微寒。妒态风频起，娇妆露欲残。芙蓉浣纱伴，长恨隔波澜。"一句"何曾羡牡丹"，为芍药鸣不平。钟爱芍药的不止王贞白，孟郊笔下，"家家有芍药，不妨至温柔。温柔一同女，红笑笑不休。月娥双双下，楚艳枝枝浮。洞里逢仙人，绰约青宵游"，芍药温柔绰约，别具美感。

南宋文学家杨万里说："晚春早夏浑无伴，暖艳暗香政可怜。好为花王作花相，不应只侍甘泉"，人们不知道芍药是否有不甘，所以张镃就认为，"自古风流芍药花，花娇袍紫叶翻鸦。诗成举向东风道，不愿旁人定等差"，芍药风流，牡丹富贵，各花入各眼，各有偏爱。

宋代时，有"洛阳牡丹，广陵芍药"之说，北宋词人韩琦就感叹"广陵芍药真奇美，名与洛花相上下"，每年芍药开花时，他便会邀请好友前去赏花，包括王安石、王珪、陈升之，四人将芍药折下并簪于发间。多年后，曾经一起赏花作诗的朋友，先后成为宰相，爱芍药的人，果然不一般。

溱 洧

溱与洧，方涣涣兮。士与女，方秉蕳兮。女曰观乎？士曰既且，且往观乎！洧之外，洵訏且乐。维士与女，伊其相谑，赠之以勺药。

溱与洧，浏其清矣。士与女，殷其盈矣。女曰观乎？士曰既且，且往观乎！洧之外，洵訏且乐。维士与女，伊其将谑，赠之以勺药。

绿 竹

《淇奥》是先秦时代卫地汉族的民歌，"瞻彼淇奥，绿竹猗猗"，以绿竹起兴，赞美君子的高风亮节。据《毛诗序》记载，"《淇奥》，美武公之德也。有文章，又能听其规谏，以礼自防，故能入相于周，美而作是诗也"。

武公即卫国的武和，是周平王的卿士，哪怕在九十多岁时，仍坚持廉洁从政，积极接纳劝谏，从而赢得了百姓的爱戴和尊敬，《淇奥》便由此而来。自古以来，在歌颂能臣良将之中，都承载着百姓对安居乐业的期盼。

关于"绿竹"，时过境迁，其实很难确定到底是以"绿，王刍也。竹，萹竹也"为准，还是以"绿竹为竹"为准。不过，在淇川地区出土的文物可以说明，这里曾经有过竹林。而且，在当时的官职设置上，也有专门管理竹林的官职，可见，竹林并非虚无的幻想，而是真实地存在，只不过后来消失了。

竹子，可分为毛竹、麻竹、箭竹等，是多年生禾本科竹亚科植物，其生长速度在世界植物范围内堪称第一。挺拔，是大众对它的普遍印象，实际上，也有低矮如草的品种。它们的根茎成片生长，所以多见竹林。

绿竹

从古至今，竹子都备受文人墨客的青睐，它挺拔修长，耐严寒酷暑，与梅、兰、菊同为"花中四君子"，与梅、松同为"岁寒三友"。为它赋诗者数不胜数，清代书画家、文学家郑板桥诗云："咬定青山不放松，立根原在破岩中。千磨万击还坚劲，任尔东西南北风。"坚韧不屈，是竹子的风骨。唐朝刘禹锡诗云："露涤铅粉节，风摇青玉枝。依依似君子，无地不相宜。"如君子，在哪里都适宜生长。白居易诗云："水能性淡为吾友，竹解心虚即吾师。"

竹子并不稀有，但却很稀奇，明明与水稻是近亲，但生长速度却无人能敌，在短短一夜之间，就可以长高一米。在静默中拔节，完成生命的蜕变。有人会误以为竹子是树，其实它是草，判断的依据就是是否有年轮，有则是树，没有则是草，而竹子中空，所以并不是树。

还有人认为竹子不会开花，这其实是个误会。竹子也会开花结籽，只不过是以60年为一个周期，并会根据环境的变化而变化。开花意味着新生，也代表着死亡。一片气势磅礴的竹林，或许只是同一株竹子，根茎在地下相连，地上则不断迸发新的竹子，"同龄竹"久而久之形成竹林，在60年的循环之下，花开花落，繁衍生息。

出处

淇奥

瞻彼淇奥，绿竹猗猗。有匪君子，如切如磋，如琢如磨，瑟兮僩兮，赫兮咺兮。有匪君子，终不可谖兮。

瞻彼淇奥，绿竹青青。有匪君子，充耳琇莹，会弁（biàn）如星。瑟兮僩兮。赫兮咺兮，有匪君子，终不可谖兮。

瞻彼淇奥，绿竹如箦（zé）。有匪君子，如金如锡，如圭如璧。宽兮绰兮，猗重较兮。善戏谑兮，不为虐兮。

瓠

瓠（hù），就是我们常见的葫芦，又叫壶卢、蒲卢、瓠、匏（páo）、壶、甘瓠，古时匏、瓠、壶名同物，是爬藤植物，喜欢温暖、避风的环境。

葫芦是世界上最古老的作物之一，早在7000年前就已经存在了。因为与"福禄"谐音，所以被中国人视为增寿、降瑞、除邪、保福、佑子孙的吉祥物。豪门望族都喜欢在中堂之上，供养几个葫芦，因为葫芦嘴小肚子大，古人认为能够化煞收邪、趋吉避凶。台湾就有"厝内一粒瓠，家风才会富"的说法。

葫芦的品种繁多，所以名字也就五花八门。北宋陆佃《埤雅》认为"长而唐上曰瓠，短颈大腹曰匏"，"似匏而圆曰壶"，所以瓠（hù）、匏、壶是按照不同形状来区分的不同品种。李时珍则与陆佃相反，他认为匏是扁圆葫芦，壶才是瓢葫芦。

《毛诗陆疏广要》认为，葫芦按甘苦来分，瓠是甜的，匏是苦的；《本草纲目》则按照用途来区分，比如"茶酒瓠""药壶卢"。

《说文解字》解释说，"瓟字从瓜"，孔子也提到过"匏瓜"。现代植物学把各种"葫芦"都归属于葫芦科。

古人对某物的喜欢，往往源于对子孙繁衍的渴望，葫芦能蔓延、多果实的特点，正符合古人的期望，所以延续了许许多多的故事。在我国，有20多个民族崇拜葫芦。

女娲、伏羲被视作人类的始祖，而传说中，他们都是葫芦的化身。"开天辟地"盘古，他的名字更是与葫芦紧密相关，"'盘'与

'奭（shì）瓠'之'奭'古通用，'古'与'瓠'音近，'盘古'即为'奭瓠'，而'奭瓠'就是葫芦"。得道成仙的神话人物，也总与葫芦有关系。

古时夫妻入洞房后，会饮一杯"合卺（jǐn）"酒，也就是交杯酒，彼此承诺永不分离。卺指的就是用葫芦做的瓢。

葫芦如同瓜果蔬菜，让古人吃出了许多花样，元代王祯《农书》说："匏之为用甚广，大者可煮作素羹，可和肉煮作荤羹，可蜜前煎作果，可削条作干……"又说："瓠之为物也，累然而生，食之无穷，烹饪咸宜，最为佳蔬。"不管是嫩叶还是果实，都是食材，叶子可以凉拌，果实可以做馅。

出处

匏有苦叶

匏有苦叶，济有深涉。深则厉，浅则揭。

有弥济盈，有鷕雉鸣。济盈不濡轨，雉鸣求其牡。

雍雍鸣雁，旭日始旦。士如归妻，迨冰未泮。

招招舟子，人涉卬否。人涉卬否，卬须我友。

麦

　　麦是禾本科植物的一类，五谷的一种，分为小麦、大麦、燕麦和荞麦等种类。人们将麦子比作金黄色的希望，稻田之中自有一番安然的气息，这是因为麦子给了人们活着的底气。在闹饥荒的年代，小小的一根根麦穗，事关人们温饱，意义重大。南宋文学家姜夔"过春风十里，尽荠麦青青"的诗句还在耳畔，中国是农业大国，麦子是中国人最赖以生存的粮食作物之一。

　　一年四季中，一日三餐，一饭一蔬中，藏着中国人朴实的勤奋，面朝黄土背朝天的辛勤劳作，是为了果腹，也是为了生活。

　　古人云"爱采麦矣？沫之北矣"，在麦田中，慢悠悠地采摘麦穗，也是一种乐趣。陆游云："垦地播宿麦，饭牛临野池。未能贪佛日，正恐失农时。矻矻锄耰力，勤勤祝史辞。嘉平得三白，吾饱岂无期？"耕地、喂牛，每一个动作都生机涌动。

　　作为一年生草本植物，麦子备受呵护，从最初的播种到最后的收割，中间还不忘浇水、施肥、除虫、除草，时刻牵挂着麦田。风调雨顺的年头，在精心照料下，从绿油油长到金黄色，麦子没有辜负人们的期许，准时献上一场丰收。

深秋初冬时，撒下种子，随后静待发芽。千辛万苦挣破泥土，又要忍耐凛冽的风、霜、雪，但是按照谚语"冬天麦盖三层被，来年枕着馒头睡"来说，厚厚的雪是一种滋养和保护，正是在冰天雪地中，麦子一刻未停地生长。

冬去春来，麦子迎来了可以撒欢的时光，开出花、结出种子，每一粒都是沉甸甸的。麦子成熟后，田野间就会迎来一派忙碌的景象，割麦、打麦、扬场，老农黝黑的脸上洋溢着丰收的满足感和成就感。常说一方水土养一方人，作为标准的北方人，但凡一顿饭没吃上面条、馒头之类的主食，就好像没吃饭一样。

《左传》用短短一句话记述了晋景公与麦子的一个故事："将食，涨，如厕，陷而卒。"当时，晋景公重病，巫师预言他吃不上新收的麦子就会去世，但晋景公不服，一直坚持秋收，终于等来了麦饭，突然想去厕所，谁料一不小心栽进厕所，就此丧命。最终，还是如巫师所言，没有吃上新麦。

在几十年前，青黄不接的时候，还没有成熟的麦穗就成了救命的粮食，用火蒸了、烤了，搓去糠皮，碾碎配上野菜，就能充饥。宋代典籍《尔雅翼》称："麦者，接绝续乏之谷。方夏之时，旧谷已绝，新谷未登，民于此时乏食，而麦最先熟，故以为重。"

这个味道对于丰衣足食的现代人而言，是遥远的，但也是熟悉的，不管是什么样的吃法，都是人间的烟火味儿，也是独属于中国人的情怀。

载 驰

载驰载驱，归唁卫侯。驱马悠悠，言至于漕。大夫跋涉，我心则忧。

既不我嘉，不能旋反。视尔不臧，我思不远。既不我嘉，不能旋济？视尔不臧，我思不閟。

陟彼阿丘，言采其蝱。女子善怀，亦各有行。许人尤之，众稚且狂。

我行其野，芃芃其麦。控于大邦，谁因谁极？大夫君子，无我有尤。百尔所思，不如我所之。

黍

　　"一黍一摇，一生一知。""知我者，谓我心忧；不知我者，谓我何求？"世事沧桑、知音难觅，遗憾之感溢于言表。"黍"这种作物，似乎自古就带着几分悲凉之感。

　　其实早在8700年到10000年前，古人就已经开始种植黍。据《齐民要术》记载，黍是开荒的作物，生命力顽强，无惧艰苦的环境。黍与稷、麦、菽（shū）、稻称为"五谷"，黍米，亦称大黄米、软黄米，是最耐旱、最快成熟的谷物。如今气候条件不好的地区会选择种植黍，不用担心收成。

　　北宋政治家、文学家王安石在《后元丰行》中有"麦行千里不见土，连山没云皆种黍"，可见黍是普遍种植的作物。《诗经·魏风》中也有："硕鼠硕鼠，莫食我黍"，作为人们赖以生存的粮食，偷吃的老鼠真是太可恨了，所以老鼠才不招人喜欢。

　　既然能吃，就不能不说一下吃法。黍经过加工，就会成为黄米，比小米稍大，平日里可以用来做糕、酿酒，端午节时还可以做粽子。

《本草纲目》称，黍、稷是"一类二种"，"粘者为黍，不粘者为稷，稷可作饭，黍可酿酒"。清代学者陆陇其在《黍稷辨》中也对二者做出辨别："黍贵而稷贱，黍早而稷晚，黍大而稷小，黍穗散而稷穗聚。"

比起其他谷物，如麦子、粟、高粱、水稻等，黍有自己独特的感情。比如谷穗密实，呈棒状，而黍则是分散状态，所以离散之情、黍离之悲，也由此而来。中国人向来注重团圆，对于分离之情有着太多悲伤的感受，曹植在《情诗》感叹："游者叹黍离，处者歌式微。"竹林七贤之一的向秀也感叹："叹《黍离》之愍（mǐn）周兮，悲《麦秀》于殷墟。惟古昔以怀今兮，心徘徊以踌躇。"

"黍离"超脱本身的意义之外，拥有了更深刻的内涵，"黍离之悲"，盛世衰落，繁华不再。《扬州慢》诗云"淮左名都，竹西佳处，解鞍少驻初程。过春风十里，尽荠麦青青。自胡马窥江去后，废池乔木，犹厌言兵。渐黄昏，清角吹寒。都在空城。杜郎俊赏，算而今、重到须惊。纵豆蔻词工，青楼梦好，难赋深情。二十四桥仍在，波心荡、冷月无声。念桥边红药，年年知为谁生。"昔日盛况已成过去，"千岩老人以为有《黍离》之悲也"。

出处

黍 离

彼黍离离，彼稷之苗。行迈靡靡，中心摇摇。知我者，谓我心忧；不知我者，谓我何求。悠悠苍天，此何人哉？

彼黍离离，彼稷之穗。行迈靡靡，中心如醉。知我者，谓我心忧；不知我者，谓我何求。悠悠苍天，此何人哉？

彼黍离离，彼稷之实。行迈靡靡，中心如噎。知我者，谓我心忧；不知我者，谓我何求。悠悠苍天，此何人哉？

稷

稷为五谷之长，被奉为谷神。播种五谷则称为稷事，常说江山社稷，其中的"社稷"，社为土，稷为谷，指代万里河山。《白虎通义》中写道："王者所以有社稷何？为天下求福报功。人非土不立，非谷不食。土地广博，不可遍敬也；五谷众多，不可一一而祭也。故封土立社示有土尊；稷，五谷之长，故封稷而祭之也。"五谷丰登，才有安居乐业。

"彼黍离离，彼稷之苗"，稷与黍总是结伴出现，但是两种作物，区别就在于黍是黏的，稷是不黏的。清代学者陆陇其认为，"黍贵而稷贱，黍早而稷晚，黍大而稷小，黍穗散而稷穗聚"。稷还可以细分为粱，其实就是品质比较高的稷。

秋收时节，稷穗粒粒饱满，是沉甸甸的希望，更是稳稳的幸福。稷米味道醇香，又富含微量元素，有益于身体健康。在我国东北部地区，人们会把稷先煮后蒸，做成"捞饭"，喂饱千千万万人的肚子。

据《史记》记载，传说中，"姜嫄（yuán）履帝迹生稷"，一女子名为姜嫄，在野外看见一个硕大的脚印，觉得有趣就踩了上去，不久后就怀孕生下了稷。稷在年幼时，就懂得如何种植农作物，而且全都长势喜人，都获得了大丰收。此外，他乐于助人，毫不吝啬地将自己的技巧传授给人们，为了感念他的恩德，人们奉他为谷神。

说归《诗经》，有诗云："厥初生民，时维姜嫄"，"载生载育，时维后稷"，"诞弥厥月，先生如达。不坼不副，无菑无害，以赫厥灵。上帝不宁，不康禋（yīn）祀，居然生子"，"诞实匍匐，克岐克嶷（yí），以就口食。蓺之荏菽，荏菽旆（pèi）旆。禾役穟（suì）穟，麻麦幪（méng）幪，瓜瓞（dié）唪（fěng）唪。诞后稷之穑，有相之道。茀厥丰草，种之黄茂。实方实苞，实种实褎。实发实秀，实坚实好。实颖实栗，即有邰家室。诞降嘉种，维秬维秠，维穈维芑（qǐ）。恒之秬秠，是获是亩……后稷肇祀，庶无罪悔，以迄于今"，描述了后稷出生的过程以及出生后造福一方的故事。

自古民以食为天，在农业不发达的古代，谁是种植高手，谁就是神一般的存在，哪怕时至今日，"杂交水稻之父"袁隆平老先生，也是万万千千老百姓心目中的神。

黍 离

彼黍离离，彼稷之苗。行迈靡靡，中心摇摇。知我者，谓我心忧；不知我者，谓我何求。悠悠苍天，此何人哉？

彼黍离离，彼稷之穗。行迈靡靡，中心如醉。知我者，谓我心忧；不知我者，谓我何求。悠悠苍天，此何人哉？

彼黍离离，彼稷之实。行迈靡靡，中心如噎。知我者，谓我心忧；不知我者，谓我何求。悠悠苍天，此何人哉？

荷 花

荷花，多年水生莲属草本植物，有可以观赏的荷花，也有可以食用的荷花。之所以被叫作荷花，李时珍《本草纲目》解释说："莲茎上负荷叶，叶上负荷花，故名。"荷花，也叫莲花、芙蓉、芙蕖等，周朝时，就开始被栽培。

《尔雅》就记有："荷，芙蕖（qú），其茎茄，其叶蕸，其本密，其华菡（hàn），其实莲，其根藕，其中菂，菂中薏。"

北魏贾思勰的《齐民要术》记有"种藕法"："春初掘藕根节，头着鱼池泥中种之，当年即有莲花。"；又有"种莲子法"："八月九日取莲子坚黑者，于瓦上磨莲头令皮薄，取墐土作熟泥封之，如三指大，长二寸，使莲头平重磨去尖锐，泥干掷于池中重头沉下，自然周正，皮薄易生，少时即出，其不磨者，皮即坚厚，仓卒不能也。"

《本草纲目》中记载，荷花，莲子、莲衣、莲房、莲须、莲子心、荷叶、荷梗、藕节等均可药用。《周书》载有"薮泽已竭，既莲掘藕"。古人将野生荷花作为蔬菜。比如传统的莲子粥、莲子粉、藕片夹肉、荷叶蒸肉、荷叶粥等，都是用荷花做成的美味。

荷花的用途多种多样，除了食用和入药，古时，人们还将荷叶用来瘦身。有名的叫花鸡，用的就是荷叶包裹，会有与众不同的味道。华佗在给病人做手术时，在缝合伤口之后，会敷上一些特制的药膏，这药膏即用藕皮制成，快至四五天，伤口即可愈合。

中国人爱它、敬它，不同时空之中，荷花所代表的都是清雅高洁之姿，形容女子有芙蓉之貌，绝不单单说她貌美，更多的是赞赏其冰

清玉洁；用"莲花生"来指代佛祖降世，用"莲花心"来指代佛教高僧的心。

文人墨客笔下，荷花就如同他们淡泊宁静的心。唐代著名的山水田园派诗人孟浩然的"看取莲花净，应知不染心"，是一尘不染的虔诚之心。南宋文学家杨万里的"接天莲叶无穷碧，映日荷花别样红"，无边无际的莲叶仿佛与天空相连，仿若人间仙境，美不胜收。宋朝理学思想的开山鼻祖周敦颐深情告白，"水陆草木之花，可爱者甚蕃。晋陶渊明独爱菊。自李唐来，世人甚爱牡丹。予独爱莲之出淤泥而不染，濯清涟而不妖，中通外直，不蔓不枝，香远益清，亭亭净植，可远观而不可亵玩焉"。

中国现代散文家朱自清在《荷塘月色》一文中，将荷花描绘得如美人一般，"曲曲折折的荷塘上面，弥望的是田田的叶子。叶子出水很高，像亭亭的舞女的裙。层层的叶子中间，零星地点缀着些白花，有袅娜地开着的，有羞涩地打着朵儿的；正如一粒粒的明珠，又如碧天里的星星，又如刚出浴的美人"。

读叶圣陶先生的《荷花》，更是被荷花的美所吸引，如同化身荷花，"荷花已经开了不少了。荷叶挨挨挤挤的，像一个个碧绿的大圆盘，白荷花在这些大圆盘之间冒出来。有的才展开两三片花瓣儿。有的花瓣儿全都展开了，露出嫩黄色的小莲蓬。有的还是花骨朵儿，看起来饱胀得马上要破裂似的。这么多的白荷花，一朵有一朵的姿势。看看这一朵，很美；看看那一朵，也很美。如果把眼前的这一池荷花看作一大幅活的画，那画家的本领可真了不起"。

山有扶苏

山有扶苏，隰有荷华。不见子都，乃见狂且。

山有乔松，隰有游龙。不见子充，乃见狡童。

荼

在《诗经》中，有"行道迟迟，中心有违。不远伊迩，薄送我畿。谁谓荼苦，其甘如荠"一诗，大文豪朱熹评论道："言荼虽甚苦，反甘如荠，以比己之见弃，其苦有甚于荼"。

其中荼并非我们日常所喝之"茶"，其实是一种比较常见的草本植物——苦菜。在《说文解字》中，"荼，苦菜"，在《诗·尔雅·释草》也提到了荼就是苦菜。宋代邢昺在《尔雅义疏》中解释说："叶似苦苣而细，断之有白汁，花黄似菊，堪食，但苦耳。"

苦菜还有一个名字，叫败酱草，名副其实的野菜，属性偏寒，可以清凉败火。在《本草求真》中记载，苦菜"入心、胃、大肠；功效主治：清热、凉血、解毒，明目、和胃、止咳"。如果遇到感冒发热或是扁桃体发炎，吃点苦菜是有好处的，还可以提高自身免疫力。苦菜富含多种维生素和微量矿物质，所以还有补血的功效，贫血的朋友可以吃一些。

　　但是好酒不贪杯，苦菜也不能吃太多，毕竟是寒凉性的食物，食用过量会给肠胃造成负担，尤其是对寒性体质的人来说，吃苦菜一定要适量。

　　苦菜长不高，就伏在地面上，深深扎根在土里。人们需要用手慢慢去挖，在挖的时候，一不小心就会被苦菜的白色乳汁弄得满手都是。人们对苦菜有着独特的情愫，贫苦时，有它，富裕时，还有它。

　　在中国，最不缺的就是"吃货"。苦菜口感苦涩，但早在春秋时期，人们就开始将它摆上了餐桌。在春夏交际时，苦菜就会出现在北方的野地里，新鲜的苦菜，满足了人们的味蕾。苦菜的吃法也不复杂，甚至说极为简单，就是挖回家洗干净，直接吃也行，或者再麻烦点，用开水焯一下，然后切碎拌上盐和葱，就是一道爽口的小菜。

江西赣州人开发出了苦菜酒，利用苦菜汁发酵，然后经过一道道工序的加工，成为一种蔬果酒，口感独特，醇香，具有清热解毒、活血化瘀、清肝明目及益脾健胃的保健作用。

苦菜为什么是苦的，还有一段故事。王宝钏独守寒窑十八年，当母亲前来探望她的时候，不得不去挖野菜招待母亲。母亲见女儿如此艰辛，就说出了一个"苦"字。但科学地讲，苦菜的苦味来源于其含有的一种带有苦味的碱性物质。

在过去人们把苦菜叫作"穷人菜""救命菜"。

酸甜苦辣，都是独特的味道。

出处

邶风·谷风

习习谷风，以阴以雨。黾勉同心，不宜有怒。采葑采菲，无以下体？德音莫违，及尔同死。

行道迟迟，中心有违。不远伊迩，薄送我畿。谁谓荼苦？其甘如荠。宴尔新昏，如兄如弟。

泾以渭浊，湜湜其沚。宴尔新昏，不我屑矣。毋逝我梁，毋发我笱。我躬不阅，遑恤我后！

就其深矣，方之舟之。就其浅矣，泳之游之。何有何亡，黾勉求之。凡民有丧，匍匐救之。

不我能慉，反以我为雠。既阻我德，贾用不售。昔育恐育鞫，及尔颠覆。既生既育，比予于毒。

我有旨蓄，亦以御冬。宴尔新昏，以我御穷。有洸有溃，既诒我肄。不念昔者，伊余来塈。

木 卷

绿叶发华滋

千百年前的树木与今时有何不同？似乎差别并不大，一样挺立，一样朝气蓬勃，更是多了几分沧桑。那时的天地更宽广，没有高楼林立，只有风和雨，以及可爱的古人。

甘　棠

　　甘棠，出自《诗经》《国风·召南·甘棠》，在《诗疏》中被称为杜梨，在《尔雅》中被称为杜棠，在《纲目》中则被称为野梨，名字多变，但变来变去依旧是它，山林处处皆有。据《纲目》记载，甘棠"酸甘涩，寒，无毒"。明明又酸又涩，且叶子微苦，却常被用作梨树嫁接的砧木。

　　甘棠是落叶乔木，高可至4到10米，有着灰褐色的树皮及菱状卵形或椭圆状卵形的叶子。据《救荒本草》记载："棠梨树，今处处有之，生荒野中。叶似苍术叶，亦有团叶者，有三叉叶者，叶边皆有锯齿，又似女儿茶叶，其叶色颇白。开白花，结棠梨如小楝（liàn）子大。"花呈白色，在四五月盛开，梨果呈圆形，在10月成熟。

　　甘棠其貌不扬且味道酸涩，但千百年来，人们却以其歌颂德政。正如这一篇《诗经·国风·召南》所云："蔽芾（fèi）甘棠，勿翦勿伐，召伯所茇。蔽芾甘棠，勿翦勿败，召伯所憩。蔽芾甘棠，勿翦勿拜，召伯所说。"人们细细养护棠梨树，不剪、不砍、不毁，只因召公在此居住过、休息过、停歇过。正如《尚书·大传》卷三有言曰

"爱人者，兼其屋上之乌"，睹物思人，所以爱屋及乌。孔子也赞叹道："甚矣！思其人，必爱其树。"

据《史记·燕召公世家》记载，"召公之治西方，甚得兆民和。召公巡行乡邑，有棠树，决狱政事其下，自侯伯至庶人，各得其所，无失职者。召公卒，而民人思召公之政，怀棠树，不敢伐，歌咏之，作甘棠之诗"。召公治理期间，在甘棠树下停车驻马、听讼决狱，甚至搭棚过夜，他一心为民，却又坚决不搅扰百姓的生活，如此，才赢得了百姓的爱戴。

《甘棠》一诗，多数人认为是怀念召公之作，如《毛诗序》云："《甘棠》，美召伯也。召伯之教，明于南国。"汉代郑玄所作《郑笺》云："召伯听男女之讼，不重烦百姓，止舍小棠之下而听断焉，国人被其德，说其化，思其人，敬其树。"朱熹《诗集传》云："召伯循行南国，以布文王之政，或舍甘棠之下。其后人思其德，故爱其树而不忍伤也。"唯有一人持不同看法，蓝菊荪《诗经国风今译》认为《甘棠》并非赞美之意，相反是一种讽刺。

白居易在杭州任刺史时，殚精竭虑，却改变不了百业凋敝。但百姓感恩在心，在他离任时，男女老少为他设宴饯行。此情之下，他写下一首《别州民》："耆老遮归路，壶浆满别筵。甘棠无一树，那得泪潸然？税重多贫户，农饥足旱田。唯留一湖水，与汝救凶年。"没有甘棠树，就无处诉说自己的清白。不止白居易一人，唐诗宋词之中，赞叹甘棠的诗词有一百余首，可见人们以甘棠来寄托美好与渴望。

无论土地是肥沃还是贫瘠，甚至碱性，甘棠都能生长。

它喜光、耐寒、耐干旱。在路边道旁，或是群山脚下，又或是荒郊野岭，都可能成为它扎根的地方。

虽说甘棠生长缓慢，但每一寸成长都踏踏实实，不求快，而求稳。

出处

诗经·甘棠

蔽芾甘棠，勿翦勿伐，召伯所茇。

蔽芾甘棠，勿翦勿败，召伯所憩。

蔽芾甘棠，勿翦勿拜，召伯所说。

桐

梧桐，高大落叶乔木，在我国分布广泛，以观赏为主。古时，梧桐又称青桐、碧梧、青玉、庭梧等，是诗文记载最早的树种之一，寓意着品格高洁。《说文》记载"桐，荣也"，《草木疏》则称其分为"青、白、赤"三种，《陈翥桐谱》则将其"分为紫桐、白桐、膏桐、刺桐、赪桐、梧桐"。

在《诗经》中，"凤凰鸣矣，于彼高岗。梧桐生矣，于彼朝阳"，由此，凤凰就与梧桐紧密联系在了一起。庄子《秋水》篇中，庄子见惠子时说："南方有鸟，其名为鹓雏，子知之乎？夫鹓雏，发于南海而飞于北海，非梧桐不止。"凤凰从南海飞到北海，最终只会落在梧桐树上。诸葛亮《凤翔轩》写道："凤翱翔于千仞兮，非梧不栖；士伏处于一方兮，非主不依……"李白也有诗云"宁知鸾凤意，远托椅桐前。"可谓良禽择木而栖。

梧桐木材轻软，最适合制作木匣和乐器，据《后汉书·蔡邕传》记载，"吴人有烧桐以爨者，邕闻火烈之声。知其良木，因请而裁为琴，果有美音，而其尾犹焦，故时人名曰焦尾琴焉"。蔡邕在烧柴火的声音中，发现了一块良木，制成了一把七弦琴，因其有烧焦的痕迹，所以取名为"焦尾"，位列我国古代四大名琴之一。

值得注意的是，我国的梧桐与常见的法国梧桐并不相同。法国梧桐的本名叫三球悬铃木，是悬铃木科的植物，叶子与梧桐的叶子极为相似。早在晋朝时期，就被传入中国，名为祛汗树、净土树。后来，法国人将它带来上海，种在法租界，由此得名法国梧桐。

"种得梧桐引凤凰"，若是自家有一方小院，不如试着种一棵梧桐。

小雅·湛露

湛湛露斯，匪阳不晞。厌厌夜饮，不醉无归。

湛湛露斯，在彼丰草。厌厌夜饮，在宗载考。

湛湛露斯，在彼杞棘。显允君子，莫不令德。

其桐其椅，其实离离。岂弟君子，莫不令仪。

梅

梅，有三千多年的历史，在《群芳谱》中位列"花魁"，与兰花、竹子、菊花并称为四君子，与松、竹并称为"岁寒三友"。明末清初文学家、戏剧家李渔甚至说："若以次序定尊卑，则梅当王于花。"梅，在中国文人心中，自带神圣光环。梅，傲立风雪中，"凌寒独自开"，"不同桃李混芳尘"，"预报春消息，花中第一枝"，静谧之中，独有气质。

中国南方是梅花的故乡，早在春秋时代，野梅被引种驯化为果梅，在漫长的时光中，梅融入百姓日常生活的点点滴滴，可观赏、可食用，花、叶、根皆可作为药材使用。

《书经》云："若作和羹，尔唯盐梅。"《礼记·内则》载："桃诸梅诸卵盐。"可见，梅从久远的过去，是作为调味品存在的。其果实经过加工，不但解馋，还可生津止渴。《神农本草经》记载："下气，除热烦满，安心，止肢体痛，偏枯不仁，死肌，去青黑痣，蚀恶肉。"曹操望梅止渴，吴人便将梅子称为曹公。民以食为天，人们对可食用的东西总是带着朴实且深厚的感情，所以记录它、歌颂它。

人们发现梅花的美，始于汉初，《西京杂记》载："汉初修上林苑，远方各献名果异树，有朱梅，胭脂梅。"慢慢地，梅花拥有了特殊的象征意义，成为一种文化符号，《诗经》之中，有"摽有梅，其实七兮。求我庶士，迨其吉兮"，以花木的盛衰变化来感叹年华易逝，想爱就要大胆去追求；有"终南何有，有条有梅。君子至止，锦衣狐裘"，表达对君子的敬仰与赞叹；"墓门有梅，有鸮（xiāo）萃止"，表达对坏人的鄙夷、痛斥；"鸤（shī）鸠在桑，其子在梅"，赞美"君子之用心平均专一"；"山有嘉卉，侯栗侯梅"，表明自己清白无辜。

北宋时，超然隐逸之士林逋以梅为妻、以鹤为子，看淡世情而寄情于自然山水之中。其名诗《山园小梅》，"疏影横斜水清浅，暗香浮动月黄昏"，描写梅花疏影横斜、暗香浮动，历来被奉为"千古咏梅绝唱"。

《太平御览·时序部》引《杂五行书》记载："宋武帝女寿阳公主，人日卧于含章殿檐下，梅花落公主额上，自后有梅花妆。"相传寿阳公主就是梅花精灵，所以称其为正月的花神。到了《红楼梦》中，"因东边宁府中花园内梅花盛开，贾珍之妻尤氏乃治酒，请贾母、邢夫人、王夫人等赏花"，女眷们的第一次集体活动就是边赏梅边饮酒，随后午睡时间，宝玉睡在了秦可卿"寿阳公主于含章殿下卧的榻"上，就梦遇警幻仙姑，形容她"春梅绽雪"，活脱脱的美人。

"墙角数枝梅，凌寒独自开"，正是梅花，让冬天也不单调寂寞。

召南·摽有梅

摽有梅，其实七兮。求我庶士，迨其吉兮。

摽有梅，其实三兮。求我庶士，迨其今兮。

摽有梅，顷筐墍之。求我庶士，迨其谓之。

柳

　　柳，即为柳树。至于杨柳，许多人会误以为是杨树和柳树，实际上，说的还是柳树，跟杨树并没有什么关系。

　　嫩绿的垂杨柳，细细的枝条，柔软地下垂，婀娜多姿。春光、垂柳，组合在一起就透着融融暖意，将春天蓬勃的生命力展现得淋漓尽致，"碧玉妆成一树高，万条垂下绿丝绦。不知细叶谁裁出？二月春风似剪刀"，身在其中，似乎就获得了澎湃的生命力。

　　在我国古代诗词中，"杨柳"是一个情思缠绵的常见意象，含有这一意象的名篇佳句数不胜数。"昔我往矣，杨柳依依。今我来思，雨雪霏霏"，临别时还是春日，重逢时已是冬日，四季转换，多了份不舍与思念，所以才有依依不舍之意。古人以折柳送别，正如李白诗云"此夜曲中闻折柳，何人不起故园情"。"一年之计在于春"，所以远游往往定在春季，分别也就总在春季，所以将柳条折下，代替说不出口的不舍得。

　　唐代文成公主"折柳思乡"，在远嫁西藏松赞干布时，将柳树千里迢迢带到拉萨，并种在了拉萨大昭寺周围。这些寄托着思乡之情的柳树，得名"唐柳"或"公主柳"，柳树不言不语，但它们存在一天，似乎也将故乡的春天带了过来。

南北朝《荆楚岁时记》记载"江淮间寒食日家家折柳插门"，在寒食节时，人们会在门前插柳，以拜祭先祖，"寒食插柳"也就逐渐成为特定的习俗。宋代时，人们还会用柳条编织成帽圈，将柳条铺满车子，伴着和煦的阳光，全家一同踏青。时至今日，哪怕时移物换，可春游依旧是令人向往且快乐的事情，将烦恼抛诸脑后，便装出行，走走停停，享受难得的清闲，正是"若无闲事挂心头，便是人间好时节"。

诗人陶渊明自号"五柳先生"，理由为"宅边有五柳树"，可谓简单直接，而他"不戚戚于贫贱，不汲汲于富贵"的精神却不简单，柳树也多了几分淡泊名利。

垂柳婀娜多姿，自然少不了用它来做比喻。唐代伟大的现实主义诗人白居易的"芙蓉如面柳如眉，对此如何不泪垂"，用柳来比喻女子的眉毛；有"千古第一才女"之称的宋代女词人李清照的"暖雨晴风初破冻，柳眼梅腮，已觉春心动"，用柳比喻女子的眼睛；杜甫的"隔户杨柳弱袅袅，恰似十五女儿腰"，用柳比喻女子的腰身……

春风袭来，风姿摇曳，独属春夏。

出处

小雅·采薇

采薇采薇，薇亦作止。曰归曰归，岁亦莫止。

靡室靡家，猃狁之故。不遑启居，猃狁之故。

采薇采薇，薇亦柔止。曰归曰归，心亦忧止。

忧心烈烈，载饥载渴。我戍未定，靡使归聘。

采薇采薇，薇亦刚止。曰归曰归，岁亦阳止。

王事靡盬，不遑启处。忧心孔疚，我行不来！

彼尔维何？维常之华。彼路斯何？君子之车。

戎车既驾，四牡业业。岂敢定居？一月三捷。

驾彼四牡，四牡骙骙。君子所依，小人所腓（féi）。

四牡翼翼，象弭鱼服。岂不日戒？猃狁孔棘！

昔我往矣，杨柳依依。今我来思，雨雪霏霏。

行道迟迟，载渴载饥。我心伤悲，莫知我哀！

柏

柏树乃百木之长，一身正气，有着久远的生命力。

柏树因生长在不同地区，而有着不同的名字，在四川，叫香扁柏、垂丝柏、黄柏；在湖南，叫扫帚柏；在湖北，叫柏木树、柏香树；在浙江，叫柏树；在河南，叫密密柏。

柏树质坚、耐水，多用于庙宇、殿堂、庭院，所以千百年后，才会有古柏参天、荫蔽全宇的奇观。在陕西省黄陵县轩辕黄帝陵的庙院内有黄陵古柏，传说为轩辕帝手植，已有四五千年的历史。汉光武帝陵四周，现存古柏1458株，可追溯到隋唐时期，在全国范围内都是少见的古树群。柏树有质坚性柔、剖面色美、香味浓郁的特点，木色金黄，柏体杏黄，得名"杏柏""血柏"，见者无不赞叹。

看过了沧海桑田，领略了世事善变，柏或许早就成了神仙，然后依旧以树的模样站在原地，继续旁观人间。

孔子就非常崇尚松柏，在孔陵、孔林和孔庙的院子里，古柏林立。杜甫有诗云："孔明庙前有老柏，柯如青铜根如石。霜皮溜雨四十围，黛色参天二千尺。君臣已与时际会，树木犹为人爱惜"，赞其"落落盘踞虽得地，冥冥孤高多烈风。扶持自是神明力，正直原因造化工"。

柏

孔子是树木坚定的拥护者，他认为，"木，东方，万物之初皆出焉，是故王者则之"，日出于东方，是一天的开始，是春风吹起的地方，而树木则象征着东方，也就是万物诞生的地方，所以王者要效法自然，要遵从"木德"。《庄子·德充符》将树木视为万物之祖，尤其对松柏情有独钟，他歌颂其曰："受命于地，唯松柏独也正，在冬夏青青；受命于天，唯尧舜独也正，在万物之首"，松树与柏树如同远古圣君尧和舜，独得天地之正气。

柏树耐寒，冰天雪地之中仍傲然挺立。荀子说："岁不寒，无以知松柏；事不难，无以知君子。"人们将敬仰和怀念寄托在柏树身上，古罗马用柏树制作棺木，中国在墓地种植柏树，都是期盼着自己最亲近、最敬佩之人，在长眠于地下时得以安息。

柏树所发出的气体，主要成分为蒎菪（tiē）、柠檬菪，可清热解毒、燥湿杀虫，有松弛精神、稳定情绪的作用。树脂、树油、果实、枝节、树叶都能入药使用。柏子仁性味甘、平，配伍酸枣仁、茯神、地黄、当归、五味子、远志、人参等，对惊悸、失眠有不错的疗效。

柏树如正人君子般，不媚俗，不世俗，堂堂正正、坦坦荡荡，不求无过，但求无愧。

出处

国风·邶风·柏舟

泛彼柏舟，亦泛其流。耿耿不寐，如有隐忧。微我无酒，以敖以游。

我心匪鉴，不可以茹。亦有兄弟，不可以据。薄言往愬，逢彼之怒。

我心匪石，不可转也。我心匪席，不可卷也。威仪棣棣，不可选也。

忧心悄悄，愠于群小。觏闵既多，受侮不少。静言思之，寤（wù）辟有摽。

日居月诸，胡迭而微？心之忧矣，如匪浣衣。静言思之，不能奋飞。

松

　　文人墨客钟爱松树，丝毫不吝惜赞美之词。子曰："岁寒，然后知松柏之后凋也。"

　　松树常生长在悬崖峭壁的岩石边上，苍松奇峰，相映成趣，颇为壮观。在肥沃的平地上，松树可长成参天大树，高耸入云；在山石空隙中，则蜿蜒曲折，似蛟龙入海，"枝如游龙，叶如翔凤"。总体来看，当松树的树龄达到一定程度的时候，就由纵向生长改为横向，枝多横出，长成蓬松的树冠。

　　据说秦始皇与松树也有一段故事。当年秦始皇游泰山时，路过步云桥北时，暴雨倾盆，恰巧一旁有两株古老的松树，便在树下避雨。秦始皇封其为"五大夫松"。1602年，又一场暴雨，将五大夫松冲掉了。1730年，"五大夫松"被加以补种才得以存活至今。距离五大夫松处不远，有松人称"望人松"，达2300岁，是树龄最久的松树。在泰山普照寺内，六朝松已有1400岁。在山西五台山佛光寺大佛殿前，有两株古松，有1100多岁了。

　　有一种松树叫乌洛米松，它在两亿年前就已经存在，有"活化石"之称，原本已经被宣布灭绝，但1994年，在澳大利亚蓝色山脉地区无意间被发现。为了防止被盗伐，不得不将这百十来棵乌洛米松树的具体生长地点加以保密，如果植物学专家想见一见的话，也要大费周章，普通参观者则需要在出发前蒙上眼睛，直到抵达目的地。

　　传说中，神农亲尝百草采集药材。一次，他来到一片松树林中，正在挖草药时，从松树上掉下一坨鸟屎，正巧落在他的背上，他很是生气，直骂道："该死的松树，硬要砍光不发菽。"正说着，一只老虎突然扑了过来，他随即往松树上爬，老虎眼瞅着上不去，就想咬断树干，结果被松树油脂糊住了嘴巴，只好灰溜溜地走开了。神农多亏松树才躲过一劫，便又对着松树说："不砍活千年，子孙满天飞。"

无产阶级革命家、军事家、外交家陈毅在1960年写下《青松》一诗："大雪压青松，青松挺且直。要知松高洁，待到雪化时。"小序云："一九六〇年冬夜大雪，长夜不寐。起坐写小诗若干段，寄兴无端，几乎零乱。迄今事满一年，不复诠次。"在艰难困苦之时，彰显了坚韧不拔、愈挫弥坚的人格力量，令人肃然起敬。

可以说，敬松，就是敬宁折不弯的刚直与豪迈。

出处

天　保

天保定尔，亦孔之固。俾尔单厚，何福不除？俾尔多益，以莫不庶。

天保定尔，俾尔戬（jiǎn）穀。罄无不宜，受天百禄。降尔遐福，维日不足。

天保定尔，以莫不兴。如山如阜，如冈如陵，如川之方至，以莫不增。

吉蠲（juān）为饎，是用孝享。禴祠烝尝，于公先王。君曰：卜尔，万寿无疆。

神之吊矣，诒尔多福。民之质矣，日用饮食。群黎百姓，遍为尔德。

如月之恒，如日之升。如南山之寿，不骞不崩。如松柏之茂，无不尔或承。

桑

桑，桑科，属落叶乔木或灌木，高可达15米。叶子光泽无毛，边缘有粗锯齿，是蚕的最爱。耐寒耐旱，但偏爱温暖湿润的气候，喜欢阳光的沐浴。

在人类创立文字之初，桑就在甲骨文中留下了相关记述，而且早在周商时，它就拥有了极其崇高的地位，被奉为宗庙祭祀时的神木。

关于桑，有诸多记载。《说文》中有"蚕食叶"；《典术》中有"桑箕，星之精"；《诗·豳风·注疏》中有"爰求柔桑，稚桑也。猗彼女桑，荑桑也。蚕月条桑，枝落采其叶也"；《礼·月令》中有"季春之月，命野虞毋伐桑柘"。时移物换，农桑遍野，"维桑与梓，必恭敬止"，"桑梓"也慢慢成为故乡的代名词。

桑的重要性远超于人们的想象，如《贾子胎教》中说"桑者，中央之本也"，《礼记·内则》称"以桑弧蓬矢六，射天地四方"，《易》更是下了"其亡其亡，系于苞桑"的结论。

纵览《诗经》，有多首诗篇与桑有关，《风》《雅》《颂》皆有涉及，处处洋溢着淳朴之美。"隰（xí）桑有阿，其叶有难"，是对桑叶的端详；"桑之未落，其叶沃若"，"桑之落矣，其黄而陨"，展现了一位女子从年轻貌美到年老色衰的变化；"女执懿筐，遵彼微行，爰（yuán）求柔桑"，是采摘桑叶的姑娘提着竹篮在幽静的小路上悠然独行；"期我乎桑中，要我乎上宫"，是相互爱慕的男女相会于桑林中，你侬我侬。

据《神农本草经》记载，桑根白皮、桑叶和桑耳皆可入药，在《温病条辨》《大观本草》等书中，记载了"桑菊饮"的配方，辛凉解表，疏风清热，有宣肺止咳之功效，流传至今。

清代作家蒲松龄，以鬼怪小说《聊斋志异》闻名古今，他在创作的过程中，也留下了与桑树仙的故事。

传说中，大禹治水时被困山东无棣县，粮食消耗殆尽之时，女娲娘娘播撒桑树种子，结出桑葚，众人得以充饥躲过一劫。之后，桑树得到了人们的世代照料，千年时光中，吸纳天地精华，慢慢有了仙根。

清顺治年间，蒲松龄路过这棵桑树，便以果实果腹，又在月色之下，伴着幽幽虫鸣，读书苦学。桑树仙见蒲松龄如此刻苦，但知晓他命中文曲星弱，断然没有考取功名的希望，便动了恻隐之心。一日，蒲松龄正在读书之际，一妙龄女子迎面而来，自称陈淑卿，打过招呼后，便与他谈天说地。二人结为挚友，桑树仙将千百年来所听闻的故事统统讲给蒲松龄，最终有了《聊斋志异》。在蒲松龄寿终正寝之后，陈淑卿将书稿带回桑树林，守护着一方百姓。

在饥荒年月，桑葚是可以救命的。在二十四孝中，"拾葚异器"讲的就是一个以葚行孝、用葚救荒的故事。"汉朝蔡顺，少孤。事母至孝。遭王莽乱，岁荒不给，拾桑葚，以异器盛之。赤眉军见而问之。顺曰：黑者奉母，赤者自食。军悯其孝，以白米三斗、牛一头与之。"蔡顺将桑葚分成熟透的和未熟透的，前者孝敬母亲，后者则留给自己，一番孝心感天动地。

如今，味甜汁多的桑葚仍受人们的喜爱，过往的故事也会被传颂下去。

出处

氓

氓之蚩蚩，抱布贸丝。匪来贸丝，来即我谋。送子涉淇，至于顿丘。匪我愆（qiān）期，子无良媒。将子无怒，秋以为期。

乘彼垝垣，以望复关。不见复关，泣涕涟涟。既见复关，载笑载言。尔卜尔筮，体无咎言。以尔车来，以我贿迁。

桑之未落，其叶沃若。于嗟鸠兮，无食桑葚！于嗟女兮，无与士耽！士之耽兮，犹可说也。女之耽兮，不可说也。

桑之落矣，其黄而陨。自我徂尔，三岁食贫。淇水汤汤，渐车帷裳。女也不爽，士贰其行。士也罔极，二三其德。

三岁为妇，靡室劳矣；夙兴夜寐，靡有朝矣。言既遂矣，至于暴矣。兄弟不知，咥（xì）其笑矣。静言思之，躬自悼矣。

及尔偕老，老使我怨。淇则有岸，隰（xì）则有泮。总角之宴，言笑晏晏。信誓旦旦，不思其反。反是不思，亦已焉哉！

木 瓜

"投我以木瓜，报之以琼琚"，此木瓜并不是我们现在所说的番木瓜，而是蔷薇科的落叶小乔木，又名榠楂。春末时节，花开烂漫，似海棠，有猩红、粉白色，待果实成熟后，大小如鹅蛋。

南宋朱熹《诗经集注》中说："木瓜，楙（mào）木也，实如小瓜，酢可食。"《本草纲目》中也说木瓜"性温，味酸。归肝、脾经。舒筋活络，和胃化湿"，"木瓜处处有之，而宣城者最佳"，因此又有"宣木瓜"之称。

木瓜味道酸涩，口感也极差，所以古人吃来吃去，还是受不了，所以终究没做成水果。不过，可以用它来酿制木瓜酒，可以祛风活血，对风湿痹痛、筋脉拘挛、四肢麻木及关节不利，都有很好的疗效。

据推测，番木瓜于唐朝传入我国，根据《唐语林》一书记载，"崔涓守杭州，湖上饮饯，客有献木瓜，所未尝有也。传以示客，有中使即袖归，曰：'禁中未曾有，宜进于上'。"湖州一个郡守为朋友饯行时，有人送来一个谁也没见过的番木瓜，一下子成了新鲜玩意儿。在座的有位太监，提议说应该先拿去宫中献给皇上，太监带着木瓜走后，郡守就一直闷闷不乐，担心皇上怪罪他。这时，有一个官妓安慰他说："请郎中尽饮，某度木瓜经宿必委中流也。"说这个番木瓜过一夜就会被扔进水里，后来，果然回报说番木瓜溃烂之后就被扔了。崔涓向官妓询问后才知道，番木瓜难于保鲜，而且被那么多人触碰过，就更容易坏了。

古人对生殖崇拜可谓登峰造极，但凡生殖能力强的动植物，都会被当作吉祥物，比如螽（zhōng）斯，用来祝福一对新人多子多福。木瓜多子，所以象征着女性，女子将木瓜赠予男子，就意味着以身相许，而男子回赠随身佩戴的美玉，两人算是私订终身。

出处

木 瓜

投我以木瓜，报之以琼琚。匪报也，永以为好也！

投我以木桃，报之以琼瑶。匪报也，永以为好也！

投我以木李，报之以琼玖。匪报也，永以为好也！

杨

　　杨树，永远精神抖擞，永远朝气蓬勃。秋天，万物寂寥，杨树的叶子黄了，却没有半点颓败之感。路边、田间、村舍，处处可见杨树，青杨、毛白杨、小叶杨，见了就倍感亲切。

　　杨树的生长速度很快，有"钻天杨"之称，一棵小小白杨，无所畏惧地向上生长，几年之间，就能够长成参天大树。

　　《诗经》中，杨树似乎处处可见，如"东门之杨，其叶牂（zāng）牂""阪有桑，隰（xí）有杨""泛泛杨舟，载沉载浮""泛泛杨舟，绋纚维之""南山有桑，北山有杨。乐只君子，邦家之光。乐只君子，万寿无疆"。

　　当代诗人顾城先生八岁时与家人在外散步，看到高耸入云的杨树，满是疤痕的树干，被深深触动了，后来他写下名为《杨树》的短诗："我失去了一只臂膀，就睁开了一只眼睛。"杨树平凡、朴实，"城中桃李须臾尽，争似垂杨无限时"，不争不抢，默默向上。

　　关于杨树还有一个感人的故事。在吕四，有个大孝子，但凡外出都要给母亲带些东西回去吃，他的孝心感动了吕洞宾和汉钟离两个神仙，他们便想要暗中帮他一把。于是，两个人开了一家烧饼铺子，大的烧饼三钱一个，小的烧饼却要卖五钱一个，有人不解，他俩也不多解释，只说如果买给老人吃就不要嫌贵。

　　一天，这个孝子路过烧饼铺子，想要给老母亲带烧饼回去，问了价钱之后，便要两个贵的。吕洞宾和汉钟离知道烧饼里面有仙丹，便劝他买一个就行。之后，他把烧饼揣在怀里回家去了。可烧饼烫得不行，他拿出来一看，流出许多糖浆，不得已就把糖浆抹在了路边的杨树上。回到家，老母亲吃了烧饼后，直言这个烧饼是仙丹，自己百病全消。实际上，糖浆才是仙丹，被抹了糖浆的杨树一直向上长，快要把天撑破了，最后柳牛儿去锥杨树，汁水流出来之后，杨树也就缩了回去。俗话说："杨树不蛀要撑天，到时候就有人来蛀它！"

白杨树在西北地区极为普通，然而在现代作家茅盾笔下，则写出了它的不平凡，他在《白杨礼赞》一文中写道："那是力争上游的一种树，笔直的干，笔直的枝。它的干呢，通常是丈把高，像是加以人工似的，一丈以内绝无旁枝。它所有的丫枝呢，一律向上，而且紧紧靠拢，也像是加以人工似的，成为一束，绝无横斜逸出。"在北方风雪的压迫下，它仍旧倔强挺立，不折不挠，与西北风抗争到底。

比起松柏，它似乎过于寻常，但正如茅盾所说，它正直、朴质、严肃，又不失温和，它是"树中的伟丈夫"。

出处

东门之杨

东门之杨，其叶牂牂。昏以为期，明星煌煌。
东门之杨，其叶肺肺。昏以为期，明星晢（zhé）晢。

杞

　　《将仲子》中"无折我树杞"的"杞"，即枸杞。《广韵》记载："枸杞，春名天精子，夏名枸杞叶，秋名却老枝，冬名地骨根。"明代的药物学家李时珍云："枸杞，二树名。此物棘如枸之刺，茎如杞之条，故兼名之。"此外，还有甜菜子、西枸杞、红青椒、枸蹄子、枸杞果、枸茄茄、红耳坠、血枸子、枸地芽子、枸杞豆、血杞子、津枸杞等名字。小小一粒，名字倒有不少。

　　《本草》记载："落叶小灌木，叶子披针形，花淡紫色，浆果卵圆形，红色。"枸杞是茄科枸杞属植物，有着翠绿色的叶子，淡紫色的花朵以及鲜红的果实。梅尧臣曾用"野岸竟多杞，小实霜且丹"一诗，将枸杞比作精致小巧的仙丹。

　　果实成熟在夏秋两季，可做药材，有抗衰老、提升免疫力等滋补功效。《草木疏》有提到"服之轻身益气"，所以，今人会"保温杯里泡枸杞"，以此养生。

　　枸杞耐干旱、耐盐碱，沙地或是盐碱地，都能轻松存活。宁夏是枸杞的主产区，因为野生枸杞与蒺（jí）藜（lí）相似，有时会被误认为蒺藜而被用来烧柴，所以人们称其为"茨"，即蒺藜，久而久之，也就形成了习惯。

《诗经》中，枸杞是常客，它出现在《四牡》中，"翩翩者雏（zhuī），载飞载止，集于苞杞"；《杕（dì）杜》中，"陟彼北山，言采其杞"；《南山有台》中，"南山有杞，北山有李"；《湛露》中，"湛湛露斯，在彼杞棘"；《四月》中，"山有蕨薇，隰有杞桋"；《北山》中，"陟彼北山，言采其杞"。

传说在盛唐时，一群西域商贾途经丝绸之路，夜宿客栈时，偶遇一女子斥责一位老者，商贾不解便上前询问缘由。女子怒斥："我教训自己的孙子，关你什么事呢？"众人纷纷大吃一惊，单看女子样貌绝对不敢相信她已有二百余岁，老者也年过九旬。女子之所以训斥老者，是因为老者未能遵守族规服用草药，以至于垂垂老矣。商贾赶忙询问女子如何延年益寿，她回答说，四季服用枸杞即可。此后，枸杞传入中东和西方，被誉为"东方神草"。明代释今无作诗云："枸杞因吾有，舟行似少陵。盘餐供早晚，眼力得轻清。"他早晚都会服用枸杞，吃了之后，视力越来越好。可见，枸杞自古就备受青睐。

不如约个"养生局"，摒弃碳酸饮料或是奶茶，直接保温杯里泡枸杞，健康又解渴。

出处

将仲子

将仲子兮，无逾我里，无折我树杞。岂敢爱之？畏我父母。仲可怀也，父母之言亦可畏也。

将仲子兮，无逾我墙，无折我树桑。岂敢爱之？畏我诸兄。仲可怀也，诸兄之言亦可畏也。

将仲子兮，无逾我园，无折我树檀。岂敢爱之？畏人之多言。仲可怀也，人之多言亦可畏也。

（棘）

　　荆棘，出自《后汉书·冯异传》："为吾披荆棘，定关中。"我们常将荆棘丛生比喻艰险的境地，多数人误以为荆棘是一种植物，是丛生多刺的灌木，多见于山野之中。实际上，荆是荆条，一种落叶灌木，无刺；棘是酸枣树，茎上多刺。二者常混生于一处，也就成了荆棘，所以会有"披荆斩棘"一说。

　　《疏》云："棘，木之难长养者。"《诗诂》云："棘如枣而多刺，木坚，色赤，丛生，人多以为藩。岁久无刺，亦能高大如枣。木色白者为白棘，实酸者为樲（èr）棘，亦名酸枣。"古时，人们将棘种在庭院周围，在沉默无声中营造出一种规矩或是秩序。荆，则用于刑杖触犯戒律的犯人，在一时的放纵之后，还要接受处罚。

　　关于《凯风》的中心思想，《毛诗序》认为："《凯风》，美孝子也。卫之淫风流行，虽有七子之母，犹不能安其室。故美七子能尽其孝道，以慰母心，而成其志尔。"宋代理学家朱熹《诗集传》持相同观点，他认为："母以淫风流行，不能自守，而诸子自责，但以不能事母，使母劳苦为词。婉词几谏，不显其亲之恶，可谓孝矣。"现代诗人、学者闻一多则认为此诗"名为慰母，实为谏父"。现代学者的观点是，这首诗是儿子在以宽慰母亲之名，来劝谏父亲，并表达了自责之情。

在《圣经·旧约·出埃及记》中，有一个"烧不毁的荆棘"的故事。摩西放羊时，来到了上帝的何烈山，荆棘被大火燃烧，却没有丝毫烧毁的迹象，这让摩西领略到了上帝的超然性，由此信奉上帝，并带领以色列人逃离埃及。如今，"烧不毁的荆棘"指不朽或永远存在的事物。

在《西游记》中，有一处荆棘丛生之地，人迹罕至，名为荆棘岭。其中，隐藏着木仙庵，有八个妖怪住在这里，分别是十八公（松）、孤直公（柏）、凌空子（桧）、拂云叟（竹）、赤身鬼（枫）、杏仙（杏）、丹桂精（丹桂）以及蜡梅精（蜡梅）。孙悟空师徒路过此处，遭遇这既定的一劫。就如同人生一般，坦途只是憧憬，而坎坷才是现实，不过，明知有磕绊，却仍有一往无前的执着和智慧。

人生如逆旅，荆棘也是一种风景，或许之后再看见它，也会多几分欣赏。

出处

凯　风

凯风自南，吹彼棘心。棘心夭夭，母氏劬劳。

凯风自南，吹彼棘薪。母氏圣善，我无令人。

爰（yuán）有寒泉？在浚（jùn）之下。有子七人，母氏劳苦。

睍（xiàn）睆（huàn）黄鸟，载好其音。有子七人，莫慰母心。

蒲

蒲，即香蒲，还有甘蒲、蒲草、蒲菜、金簪（zān）草等名字。高可达两米，叶长而尖，雌雄同株。生于湖泊、池塘、沟渠、沼泽及河流缓流带，是一种水草。《诗经》中，除了"彼泽之陂，有蒲与荷"，还有"扬之水，不流束蒲""鱼在在藻，依于其蒲"，都与水有关系。

夏天时，蒲会长出黄绿色、长棒状的花穗，叫作蒲棒，因外形酷似蜡烛，又有"水蜡烛"之称，成熟之后，随风流浪到四处。在农村的河边，香蒲是很常见的，小时候会戏称它为"香肠"，单看外观确实很像。有时候，不小心磕了碰了，如果有出血的情况，父母就会拿出这种"香肠"，取一点上面的绒毛摁到伤口上，这是当地家家户户都知道的止血小偏方。这是有依据的，香蒲的雄花花粉称为"蒲黄"，可以入药，有利尿、止血的功效。

《说文解字·艸（cǎo）部》记载："蒲，水草也。可以作席。"《九怀·尊嘉》中也提到"抽蒲兮陈坐"，这里就是指用香蒲编成的席。茎叶纤维柔韧，可编织、造纸，果实上的冠毛可以用于枕芯的填充物，蒲可以说浑身是宝。

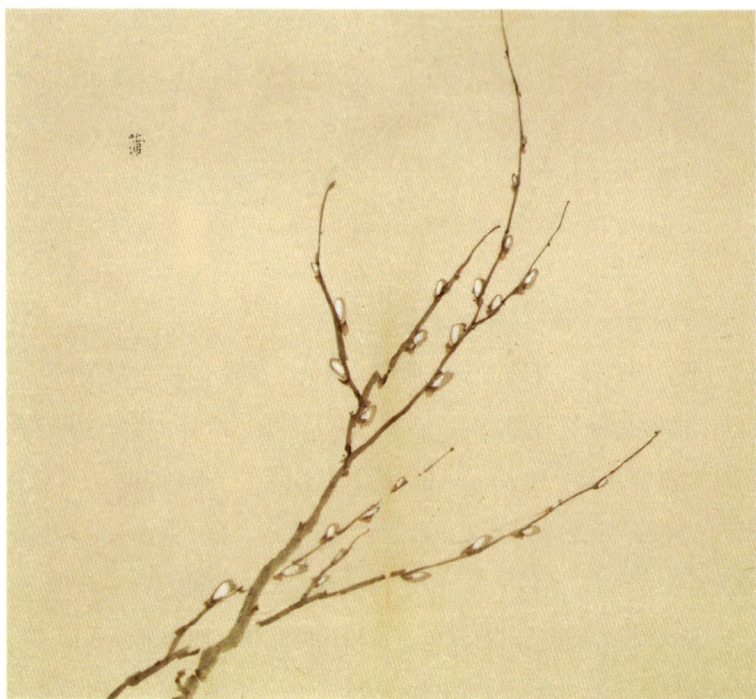

隋唐英雄李密，幼年时家境贫寒，以放牛为生。在机缘巧合之下，他偶遇隋炀帝，获得了读书的机会。李密倍加珍惜这个来之不易的机会，特意用香蒲叶编成篮子，将《汉书》摊放在里面，挂在牛角上，边放牛边读书。

香蒲地下茎又叫蒲菜，嫩茎又叫"蒲笋"，吃法多样，味道鲜美，不管是生着直接吃，还是炒菜、煮汤，都是美味。夏天，点燃成熟的香蒲，还可以驱蚊。

有一个"蒲鞭示辱"的典故，比喻以德从政，李白"蒲鞭挂檐枝，示耻无扑挞"，苏轼"顾我迁愚分竹使，与君笑谈用蒲鞭"，都提到了这个典故。其来源是东汉刘宽。晋代时，为官者会用牛皮制成皮鞭来责罚过失之人，而刘宽温仁多恕，不用皮鞭，而是用香蒲叶做成蒲鞭以示惩戒。

说来也有趣，蒲虽不起眼，但伴随着历史变迁，陪伴人类到如今，依旧发挥着重要的作用，内心不由得对其涌出些许感激之情。

出处

国风·不陂（bēi）

彼泽之陂，有蒲与荷。有美一人，伤如之何？寤寐无为，涕泗滂沱。

彼泽之陂，有蒲与蕳。有美一人，硕大且卷。寤寐无为，中心悁悁。

彼泽之陂，有蒲菡（hàn）萏（dàn）。有美一人，硕大且俨。寤寐无为，辗转伏枕。

鸟卷

处处闻啼鸟

在古老的民歌中，栖息着许多飞鸟，它们自由自在，成为先民的一种图腾崇拜。不管是耳熟能详的"关关雎鸠，在河之洲。窈窕淑女，君子好逑"，还是"维鹊有巢，维鸠居之"，其中有太多意蕴深厚的故事。

关 雎

雎鸠，在《诗经》首卷出现，可见其在古人的生活中是常客。

《尔雅》称"雎鸠，王雎"；三国吴学者陆玑所著的《毛诗草木鸟兽虫鱼疏》记载"雎鸠，大小如鸭。深目，目上骨露。幽州人谓之鹫（jiù）"。雎鸠也称鱼鹰，又称"黑老鸹"，通体黝黑，凭借利爪捕鱼，有时也用蛙、蜥蜴填饱肚子，会成群结队地在礁石上小憩。《汉语大字典》释例："雎鸠，也叫'王雎'。鱼鹰，鸟纲，鹗科。上体暗褐，下体白色。趾具锐爪，适于捕鱼。常活动于江河海滨。也单用作'雎'。"结合古今文献与当代鸟类学研究来看，学术界认为"雎鸠"为鸟类分类学中鹳鹏目鹏鹏科。

"关关"即雄雎鸠与雌雎鸠对鸣，雎鸠丑陋，且鸣声粗戾，又为何会以"关关雎鸠，在河之洲"的形象，出现在"窈窕淑女，君子好逑"的情境中呢？

雎鸠之所以能够打动古人，全然在于它的心美大于形美。

晚清经史考据大家王先谦在《诗三家义集疏》中做了解释，他说:"鲁说曰,关关,音声和也。又曰,雎鸠,王雎。又曰,夫雎鸠之鸟犹未尝见乘居而匹处也。齐说曰,贞鸟雎鸠,执一无尤。"雎鸠声音悦耳,比喻夫妻之间琴瑟和鸣,且它恪守一夫一妻制,有"贞鸟"之称。朱熹曾经说过:"雎鸠,水鸟也。状类凫鹥,今江淮有之,生有定偶而不相乱。"

古往今来,白头偕老都是人们对爱情的至高向往,但感情易变,从一而终也就成了一种奢望。但雎鸠不同,它们忠贞不贰,厮守终生,也就可歌可颂。有意思的是,一只雎鸠叫了一声"关",另一只雎鸠会马上应和一声"关",你唤一声,我应一声,心意相通且相敬如宾,堪称夫妻相处的典范。

《牡丹亭·闺塾》中,顽皮少女春香望文生义,对"关关雎鸠,在河之洲"的戏解为"不是昨日是前日,不是今年是去年,俺衙内关着个斑鸠儿,被小姐放去,一去去在何知州家",她把雎鸠认作斑鸠,插科打诨乐趣十足。

耳熟能详的"窈窕淑女,君子好逑",其实说的是西伯侯姬昌与太姒(sì)的故事。

在殷商末年,旱涝灾害频发,尤其是西部部落的灾情最为严重,主管西部的是西伯侯姬昌,也就是日后的周文王。

西伯侯姬昌早就听闻莘(shēn)氏部落有一女唤作太姒,可谓才貌双全,他已心心念念多时。在巡视渭水河畔时,姬昌便有心与太姒见上一面,当站在太姒面前时,处事果敢的姬昌也迟钝了三分,确认这位窈窕淑女正是他渴求相伴一生的人。太姒对姬昌也并不陌生,鼎鼎大名如雷贯耳,如今相见,更是一见钟情。

雎鸠

姬昌很快便求娶太姒，只不过渭水之上没有桥，想要举办婚礼不得不划船往来，姬昌便命人打造船只，舟舟相连，直通彼岸。成为夫妻后，男主外，女主内，一人运筹帷幄灭了殷商，开启西周800多年的历史，一人打理后宫，稳定大后方，夫妻二人默契十足，正如雎鸠彼此认定，忠其一生。

人活一世，能遇到如雎鸠这般有情有义的伴侣，可谓幸事。如三生有幸，得一良人，那自当如雎鸠，为爱忠贞，不背弃，不辜负。

关　雎

　　关关雎鸠，在河之洲。窈窕淑女，君子好逑。参差荇菜，左右流之。窈窕淑女，寤寐求之。求之不得，寤寐思服。悠哉悠哉，辗转反侧。参差荇菜，左右采之。窈窕淑女，琴瑟友之。参差荇菜，左右芼之。窈窕淑女，钟鼓乐之。

仓 庚

仓庚，象征着春日之美，是欢快的节奏，明亮的颜色。

《毛传》记载："仓庚，离黄也"；《诗集传》记载："仓庚，黄鹂也"；《尔雅·释鸟》记载："仓庚，商庚也"，《本草纲目》记载："其色黄而带黧，故有黄鹂诸名。……立春后即鸣，麦黄椹熟时尤甚，其音圆滑，如织机声，乃应节趋时之鸟也"。简单地说，仓庚即黄鹂，又叫黄莺、青鸟、金衣公子等。

《中国大百科全书》描述黄鹂说："通体鲜黄色，自脸侧至后头有一条宽黑纹，翅、尾羽大部为黑色。嘴较粗壮，上嘴先端微下弯并具缺刻，嘴色粉红。翅尖而长，尾为凸形。腿短弱，适于树栖，不善步行。腿、脚铅蓝色。雌鸟羽色染绿，不如雄鸟羽色鲜丽；幼鸟羽色似雌鸟，下体具黑褐色纵纹。"黄鹂，如此小巧精致，难怪颇得人们的喜爱。

黄鹂鸟知春而鸣，《礼记·月令》中："桃始华，仓庚鸣，鹰化为鸠。"正如唐诗思想艺术的集大成者杜甫的"两个黄鹂鸣翠柳"，唐代文学家杜牧的"千里莺啼绿映红"，春日盎然的气息扑面而来。它的声音清丽，北宋政治家、文学家欧阳修诗云"黄鹂颜色已可爱，舌端哑咤如娇婴"，婉转的鸟鸣声，搭配春日暖阳，一下子就唤醒了沉睡的大地，自此万物苏醒，处处蓬勃又充满生机。一声莺鸣，古人就知道，到了采繁（fán）生蚕的时候了，便忙活起来。

现代诗人徐志摩有首名为《黄鹂》的诗：

"一掠颜色飞上了树。

'看，一只黄鹂'有人说。

翘着尾尖，它不作声，

艳异照亮了浓密——

像是春光、火焰，像是热情。

等候它唱，我们静着望，

怕惊了它，但它一展翅，

冲破浓密，化一朵彩云：

它飞了，不见了，没了——

像是春光、火焰，像是热情"。

它是等待了夏、秋、冬三季的春光，是明亮温暖的火焰，是蓬勃不败的热情，既浪漫又有诗意。

古人看待万事万物，总会与自身的情感相连，"黄为富贵、鹂为吉利"，所以黄鹂就象征着吉祥富贵，寄托着人们最高级别的祈愿。

出　车

　　我出我车，于彼牧矣。自天子所，谓我来矣。召彼仆夫，谓之载矣。王事多难，维其棘矣。

　　我出我车，于彼郊矣。设此旐矣，建彼旄矣。彼旟旐斯，胡不旆旆？忧心悄悄，仆夫况瘁。

王命南仲，往城于方。出车彭彭，旂旐央央。天子命我，城彼朔方。赫赫南仲，玁狁于襄。

昔我往矣，黍稷方华。今我来思，雨雪载途。王事多难，不遑启居。岂不怀归？畏此简书。

喓喓草虫，趯（yuè）趯阜螽。未见君子，忧心忡忡。既见君子，我心则降。赫赫南仲，薄伐西戎。

春日迟迟，卉木萋萋。仓庚喈（jiē）喈，采蘩祁祁。执讯获丑，薄言还归。赫赫南仲，玁（xiǎn）狁于夷。

乌

《诗经》中"莫赤匪狐，莫黑匪乌"，这里的"乌"就是乌鸦，又叫老鸹，羽毛为乌黑色，叫声嘶哑，样貌及声音都不讨人喜欢。

俗话说"天下乌鸦一般黑"，乌鸦不知不觉当了一次次的"反派"，其实，通身漆黑的乌鸦曾经象征着神秘的力量。

在远古时期，乌鸦是神鸟，是太阳的象征，备受人们的敬仰。

《山海经·大荒东经》记载："汤谷上有扶木，一日方至，一日方出，皆载于乌。"乌鸦是神鸟，而太阳则被称为"金乌"；元朝王丹桂的《诉衷情》记载："瑞云深处是仙家。高枕卧烟霞。调引个中物象，玉兔配乌鸦。甘淡素，弃轻纱。远浮华。身崇三教，心敬三光，头戴三花。"乌鸦象征着至高无上的太阳。

秦汉魏晋南北朝时期，乌鸦是报喜鸟，是孝文化的符号。《春秋繁露》记载："周将兴时，有大赤乌衔谷之种而集王屋之上，武王喜，诸大夫皆喜。"因此，有"乌鸦报喜，始有周兴"一说，同样是乌鸦，但此时象征着吉祥。正如"秦乌啼哑哑，夜啼长安吏人家"，"少妇起听夜啼乌，知是官家有赦书"，乌鸦的出现是报喜，人们期盼着见到它。

在古庙周围的乌鸦被称为神鸦，宋代范成大的《吴船录》写道："庙有驯鸦，客舟将来，则迓（yà）於数里之外，或直至县下，船过亦送数里，人以饼饵掷空，鸦仰喙承取，不失一，土人谓之神鸦，亦谓之迎船鸦。"乌鸦会啄食祭品，甚至还会主动讨要食物，如此有灵性的乌鸦，自然又多了几分神秘的色彩。

《本草纲目·禽·慈乌》中称："此乌初生，母哺六十日，长则反哺六十日，可谓慈孝矣。"乌鸦在成年之后，会喂养年老的母亲，这一反哺的习性，让向来孝道为先的中国人颇为欣赏。

据《义乌县志》记载："秦颜孝子氏，事亲丧，葬亲躬畚（běn）锸（chā），群乌衔土助之，喙为之伤。后旌其邑曰乌伤，曰义乌，皆以孝子故。"东汉时期著名的经学家、文字学家许慎认为："乌，孝鸟也"；《乌赋》有云："以其反哺识养，故为吉乌。"与贾岛并称"郊寒岛瘦"的孟郊有"慈乌不远飞，孝子念先归"之句，隋末唐初割据群雄之一的李密也说："乌鸟私情，愿乞终养"，唐代现实主义诗人白居易诗云："慈乌失其母，哑哑吐哀音"，乌鸦失去母亲，夜半悲啼。

隋唐至宋代，战乱频发，乌鸦又与凄凉、凶兆相连。秦观的"多少蓬莱旧事，空回首、烟霭纷纷。斜阳外，寒鸦万点，流水绕孤村"，"寒鸦"两个字将凄凉之情烘托到极致；李白的"乌鸢啄人肠，衔飞上挂枯树枝"，横尸遍野的战场，"好食腐肉"的乌鸦，寥寥数语，升腾起强烈的萧瑟苍凉之感。

　　乌鸦还是那只乌鸦，它曾被厌恶，也曾被神化，如今，大可以不顾人们的喜好，自由自在地活着。

国风·邶风·北风

北风其凉，雨雪其雱。惠而好我，携手同行。其虚其邪？既亟只且！

北风其喈，雨雪其霏。惠而好我，携手同归。其虚其邪？既亟只且！

莫赤匪狐，莫黑匪乌。惠而好我，携手同车。其虚其邪？既亟只且！

鸳　鸯

唐朝诗人卢照邻有诗云："得成比目何辞死，愿作鸳鸯不羡仙。比目鸳鸯真可羡，双去双来君不见。"水中的比目鱼和池上的鸳鸯鸟，只要能和爱人双宿双栖，比神仙还要逍遥自在。一句"只羡鸳鸯不羡仙"，就知道人们对鸳鸯的向往程度，连神仙都无法比拟。

南宋《尔雅翼》有载："其大如鹜（wù），其质杏黄色，头戴白长毛，垂之至尾，尾与翅皆黑。"李时珍对鸳鸯的描述是："终日并游，宛在水中央之意也，或曰：雄名曰鸳，雌名曰鸯。"雄性是"鸳"，雌性是"鸯"，一对鸳鸯形影不离，正是人们最心之所向的生活。

鸳鸯具杂食性，不管是草籽、玉米、稻谷，还是蛙、鱼及昆虫，都可以作为食物。啄木鸟用过的旧巢洞，是鸳鸯首选的筑巢之地，其次是天然树洞。

《孔雀东南飞》中，焦仲卿和刘兰芝为爱殉情，最终"合葬华山旁"，生前不能相依，身后总算不用再分开了。坟墓一旁的松柏梧桐，"枝枝相覆盖，叶叶相交通"，且"中有双飞鸟，自名为鸳鸯。仰头相向鸣，夜夜答五更"，他们的肉身腐朽，可他们的爱情保留了下来。

但在很久之前，"鸳鸯"常用来指代友情，无关爱情。

曹植诗云："况同生之义绝，重背亲而为疏。乐鸳鸯之同池，羡比翼之共林。"他所说的"鸳鸯"指的是自己的兄弟。"昔为鸳和鸯，今为参与辰"，这里的"鸳"和"鸯"，说的是好朋友。晋朝郑丰在《鸳鸯》的序文中写道："鸳鸯，美贤也，有贤者二人。双飞东岳，扬辉上京。"他所提到的"鸳鸯"指的是陆机、陆云兄弟。

鸳鸯"婚后"真的一如既往的甜蜜吗？事实上，鸳鸯并非一直成双入对。传说中，鸳鸯交颈而眠、比翼而飞、并肩而游，且终身奉行一妻一夫，伴侣死后不会再与其他鸟结为夫妻。事实上，鸳鸯的甜蜜只停留在繁殖期，它们的确形影不离，但当雌鸟怀孕后，雄鸟就如同得到了自由一般，放纵快活去了，雌鸟会独自产卵、孵化以及哺育雏鸟。

"两情若是久长时，又岂在朝朝暮暮"，况且还是甜蜜在先痛苦在后，又有什么值得向往的呢？

出 处

鸳 鸯

鸳鸯于飞，毕之罗之。君子万年，福禄宜之。

鸳鸯在梁，戢其左翼。君子万年，宜其遐福。

乘马在厩，摧之秣（mò）之。君子万年，福禄艾之。

乘马在厩，秣之摧之。君子万年，福禄绥之。

凤 凰

凤凰，"百鸟之王"，鸣于高岗、上傅于天。雄的为"凤"，雌的为"凰"，"非梧桐不止，非练实不食，非醴泉不饮"，如此挑剔，正是品质高洁的象征。

传说黄帝之妻嫘（léi）祖，仿效皇帝制定龙图腾的方法，挑选了一对大鸟，仓颉造字时，就将其取名为"凤"和"凰"。

凤凰外形特征是："鸡头、燕颔、蛇颈、龟背、鱼尾、五彩色，高六尺许。"经过漫长的历史演变，凤凰的形象越发复杂。《山海经》记载："丹穴之山，有鸟焉，其状如鸡，五采而文，名曰凤皇"；《大荒西经》记载："沃之野，凤鸟之卵是食，甘露是饮"；《说文解字》记载："凤之象也，麟前鹿后，蛇头鱼尾，龙文龟背，燕颔鸡喙，五色备举。出于东方君子之国，翱翔四海之外，过昆仑、饮砥柱，濯羽弱水，暮宿风穴，见则天下大安宁。"

秦汉之后，凤凰本身的雌雄属性变得模糊，整体呈现"雌性"属性。

《淮南子》记载，凤凰是飞龙之子，"羽嘉生飞龙，飞龙生凤凰，凤凰生鸾鸟，鸾鸟生庶鸟，凡羽者生于庶鸟"，《大藏经》则认为，凤凰是应龙的后裔，"羽嘉生应龙。应龙生凤凰"。唐代时，凤凰成了"流行元素"。据统计，在《全唐诗》中，"凤"字共出现2000多次，"凰"字出现了200多次，"鸾"字出现1000多次。

文学家司马相如和卓文君"凤求凰"的故事可谓家喻户晓。

司马相如以一首《凤求凰》，向卓文君展开了热烈的追求，"有一美人兮，见之不忘。一日不见兮，思之如狂。凤飞翱翔兮，四海求凰。无奈佳人兮，不在东墙。将琴代语兮，聊写衷肠。何时见许兮，慰我彷徨。愿言配德兮，携手相将。不得於飞兮，使我沧亡"，将自己比作凤，将卓文君比作凰。卓文君被司马相如打动，倾心于他，连夜与他私奔，最终有情人终成眷属。

在外国，凤凰多了几分奇异的色彩。比如罗马诗人奥维德就描述凤凰说："大部分怪物都是由其他生物衍生而来的，只有一种例外，它们可以再生，亚述人称之为不死鸟。"不死鸟以乳香为食，在降生500年后，它会为自己搭建一个巢，随后将收集来的肉桂、甘松等香料垫在身下，当它呼出最后一口气后，这一段生命至此结束，会有一只新的不死鸟从它的体内飞出来，同样是500年的生命，同样是一样的结局。

不管怎么说，在中国，现代人同样钟爱凤凰，坚信龙凤呈祥，望子成龙、望女成凤，美好的祈盼就这样传了千年。

出处

卷 阿

有卷者阿，飘风自南。岂弟君子，来游来歌，以矢其音。

伴奂尔游矣，优游尔休矣。岂弟君子，俾尔弥尔性，似先公酋矣。

尔土宇昄章，亦孔之厚矣。岂弟君子，俾尔弥尔性，百神尔主矣。

尔受命长矣，茀禄尔康矣。岂弟君子，俾尔弥尔性，纯嘏（gǔ）尔常矣。

有冯有翼，有孝有德，以引以翼。岂弟君子，四方为则。

颙颙卬卬，如圭如璋（zhāng），令闻令望。岂弟君子，四方为纲。

凤凰于飞，翙翙其羽，亦集爰止。蔼蔼王多吉士，维君子使，媚于天子。

凤凰于飞，翙翙其羽，亦傅于天。蔼蔼王多吉人，维君子命，媚于庶人。

凤凰鸣矣，于彼高冈。梧桐生矣，于彼朝阳。菶菶萋萋，雍雍喈喈。

君子之车，既庶且多。君子之马，既闲且驰。矢诗不多，维以遂歌。

雁

　　叶圣陶的《大雁》，是儿时对大雁最鲜活的记忆之一，"大雁的飞行队很有秩序，常常排成'人'字形、'之'字形、'一'字形，我国的诗人因而把它叫作'雁字'"，对会在天空中"写字"的鸟充满了好奇。

　　秋冬季节，大雁从老家西伯利亚一带，成群结队飞到中国的南方过冬；第二年春天，再飞回到西伯利亚产蛋繁殖。几千公里的距离，大雁需要飞行一两个月，中间会经历生离死别，曾经一起并肩的伙伴，或许就没能一同返回家乡。

　　大雁被誉为"禽中之冠"，人们称赞它"五常俱全"，即具备仁、义、礼、智、信。它有情有义，坚贞不渝，丧偶后，会孤独终老。壮年大雁会为年老的大雁养老送终，这就是所谓仁心。落地歇息时，孤雁会主动放哨警戒，稍有风吹草动，雁群就会警觉起来，飞到空中。对待雁卵，雁妈妈会寸步不离，直到孩子破壳而出，然后带着它们去觅食，整个过程尽心尽力。

对爱情坚贞专一，也就难怪雁会成为"聘问之礼"。《晋书·礼志》："孝武纳皇后，其礼亦如。其纳采，问名，请期，亲迎，皆用白雁、白羊各一头。"郑玄笺云："雁者阴随阳而处，似妇人从夫，故昏礼用焉。自纳采至请期用昕，亲迎用婚。"孔颖达疏："生执之以行礼，故言雁事，六礼唯采纳征用币，余皆用雁。"

大雁在飞行的时候，是有序的，而不是杂乱无章地乱飞，时而排成"一"字，时而排成"人"字。老雁引领雁群，后面的大雁会保持跟随的状态，体现礼让恭谦，正符合伦理道德中的尊卑有序，受欢迎也就不难理解，《梁书·侯景传》文中说："但尊王平昔见与，比肩共奖帝室，虽形式参差，寒暑小异，丞相司徒，雁行而已。"

大雁南飞，不管世事变迁，回归故土是长久的坚持。所以，人们将怀乡之情也寄托在大雁身上，曹丕有诗云："草虫鸣何悲，孤雁独南翔。郁郁多悲思，绵绵思故乡"；曹植也云："孤雁飞南游，过庭长哀吟。翘思慕远人，愿欲托遗音"；蔡琰的《胡笳十八拍》也说："雁南征兮欲寄边声，雁北归兮为得汉音。雁飞高兮邈难寻，空断肠兮思愔愔。"

中国人向来安土重迁，背井离乡、浪迹天涯，都有着无尽的悲凉之感，所以独在异乡的游子、郁郁不得志的士子，抑或是因战乱而流离失所的难民，都在大雁身上寻到了精神寄托。

"雁足传书"的故事，又让大雁多了份担当。《汉书·苏武传》载："汉武帝时苏武出使匈奴被拘不屈，徙居北海牧羊。后匈奴与汉和亲，汉求武等，匈奴诡言武已死。武属吏常惠夜见汉使，教其诡言，帝射上林中，得北来雁，雁足有系帛书，言武等在某泽中。使者如惠语以责单于，单于因谢汉使，武得归。"

再次见到大雁时，会有更亲切的感觉吧。

出处

鸿　雁

鸿雁于飞，肃肃其羽。之子于征，劬劳于野。爰及矜人，哀此鳏寡。

鸿雁于飞，集于中泽。之子于垣，百堵皆作。虽则劬劳，其究安宅？

鸿雁于飞，哀鸣嗷嗷。维此哲人，谓我劬劳。维彼愚人，谓我宣骄。

鹤

鹤，翩翩而至，似乎都带着仙气。《群芳谱》记载，鹤"体尚洁，故其色白"，其气质可见非同一般。

鹤属迁徙鸟类，大部分生活在北方，黑颈鹤与赤颈鹤生活在青藏、云贵高原。起源于西半球，分为赤颈鹤、灰鹤、丹顶鹤、白枕鹤、白鹤、沙丘鹤、白头鹤、美洲鹤、澳洲鹤、黑颈鹤、肉垂鹤。其中，白鹤、美洲鹤、丹顶鹤数量濒危。在沼泽、浅滩、芦苇塘等湿地结群生活。睡觉时，单腿直立，扭颈回首将头放在背上。

产卵后，雌鹤和雄鹤会轮流孵化，当小鹤开始破壳时，雌鹤和雄鹤会不眠不休，一直守候至小鹤出壳。当小鹤一岁后，鹤爸鹤妈为了喂养刚出世的小鹤，不得不迫使其独立。4月中旬，是鹤繁殖的季节，引吭高歌寻找伴侣，终生恪守一夫一妻，一只死去，另一只则会选择孤独终老。

鹤与世无争，但它的双脚强劲有力，嘴又尖又长，老鹰都畏惧三分。"鹤鸣于九皋，声闻于野"，诗中以鹤比隐居的贤人。静默天地间，鹤鸣可传至七八公里之外。

鹤

在我国，鹤象征着长寿、吉祥和高雅，有"仙鹤"之称，也被称为"一品鸟"，地位仅次于凤凰。步行规矩，情笃而不淫，以喙、颈、腿"三长"著称。在一等文臣的官服上，就会绣着鹤，寓意清正廉洁。

《报应录》中记述了一个关于黄鹤楼的传说，"辛氏昔沽酒为业，一先生来，魁伟褴褛，从容谓辛氏曰：许饮酒否？辛氏不敢辞，饮以巨杯。如此半岁，辛氏少无倦色，一日先生谓辛曰，多负酒债，无可酬汝，遂取小篮橘皮，画鹤于壁，乃为黄色，而坐者拍手吹之，黄鹤蹁跹而舞，合律应节，故众人费钱观之。十年许，而辛氏累巨万，后先生飘然至，辛氏谢曰，愿为先生供给如意，先生笑曰：吾岂为此，忽取笛吹数弄，须臾白云自空下，画鹤飞来，先生前遂跨鹤乘云而去，于此辛氏建楼，名曰黄鹤"。

黄鹤楼始建于三国时代吴黄武二年（公元223年），起初是用来掺望守戍，随后天下局势趋于统一，军事性质逐渐淡去，转而多了观赏性。

鹤，生来就是仙风道骨，备受文人雅士的青睐。

白居易是个有家国情怀的人，一心为国、为民，但遭小人构陷，被贬成江州司马，一时间成了闲人一个，既低落又郁闷。所幸，他在园子里养了两只鹤，有花草，有小桥流水，以此排解情绪。他诗云："鹤有不群者，飞飞在野田。饥不啄腐鼠，渴不饮盗泉。"表达自己不愿随波逐流落入俗套，凭心而动，率性而活。

历史上，曾有懿公好鹤的故事。春秋时期卫国国君卫懿公，爱鹤如命，不理朝政，整日与鹤在一起，甚至给鹤加官晋爵，导致怨声载道。直到少数民族北狄进犯，想迎战时才发现无士兵可用，卫懿公这才意识到自己之前的所作所为是何等荒唐，便亲自率兵迎敌，奈何力量悬殊，最终战死。

鹤　鸣

鹤鸣于九皋，声闻于野。鱼潜在渊，或在于渚。乐彼之园，爰有树檀，其下维萚。他山之石，可以为错。

鹤鸣于九皋，声闻于天。鱼在于渚，或潜在渊。乐彼之园，爰有树檀，其下维穀。他山之石，可以攻玉。

燕 子

"小燕子，穿花衣，年年春天来这里"，这是耳熟能详的儿歌，基本上人人都会唱，这里穿着花衣服的燕子是金腰燕，黑白色的燕子则是家燕。"燕燕于飞，差池其羽"中的"燕燕"指的就是燕子。

作为候鸟，南北迁徙是固定的生活模式，追寻着温暖和舒适，不惜来回奔波。对于燕子来说，南北可不仅仅局限于我国，而是从东亚地区飞向东南亚地区的距离。

燕子在空中忙忙碌碌，捕捉蚊子、苍蝇等害虫；还有谚语说"燕子低飞要下雨"。在城市中，燕子会把巢筑在楼道或是屋檐。燕子筑巢的水平实在是高，其中又要属金腰燕的巢最为讲究，通过屋顶和墙壁来作为支撑，让巢更加固定，形状也是燕子巢之中最精致的。燕子精心筑巢，自然不舍得随便弃用，来年春天稍加修补，又可以舒舒服服地生活在这里了。

俗话说"燕子不进苦寒门"，又说"燕子不落无福之地"，小小一只燕子真的嫌贫爱富吗？实则不然，"燕子不进愁家门"，说的就是如果燕子不进家门，说明这一家不幸福。之所以这么说，是因为燕子喜静，且将安静看作安全的环境，所以一家人和和睦睦，不吵不闹，就会吸引燕子。

中国人爱吃，但似乎从不把燕子端上餐桌。为什么不吃，可能是因为不好吃，毕竟鲁迅就曾说过："螃蟹有人吃，蜘蛛也一定有人吃过，不过不好吃，所以以后人就不吃了。"所以燕子也可能是这个道理。或者，中国人秉承"来者是客"的原则，燕子千里迢迢来家里筑巢，结果主人毫不客气地吃了客人，似乎也不是很妥当，毕竟也是礼仪之邦，不能为了口腹之欲坏了名声。

现代作家郑振铎有一篇名为《燕子》的散文，他这样描写燕子："一身乌黑光亮的羽毛，一对俊俏轻快的翅膀，加上剪刀似的尾巴，凑成了活泼机灵的小燕子。"在他的笔下，小燕子、电线以及蓝蓝的天空，构成了五线谱，奏出了春天的赞歌。

出处

燕 燕

燕燕于飞，差池其羽。之子于归，远送于野。瞻望弗及，泣涕如雨。

燕燕于飞，颉之颃之。之子于归，远于将之。瞻望弗及，伫立以泣。

燕燕于飞，下上其音。之子于归，远送于南。瞻望弗及，实劳我心。

仲氏任只，其心塞渊。终温且惠，淑慎其身。先君之思，以勖寡人。

鸨

　　鸨又叫地鵏、羊鵏、野雁、羊须鵏，南宋大臣罗愿云："鸨有豹文，故曰独豹，而讹为鸨也。"陆佃说："鸨性群居，如雁有行列，故字从阜。旱（音保），相次也。"诗云："'鸨行'是矣。"从体形来看，比雁稍大一些，喜欢结群而生，多在草原地带。虽然属于鸟类，但更倾向于陆地生活，所以飞行对于它而言，并不擅长。

　　人们以讹传讹，让鸨和青楼扯上关系，这么多年来鸨白白担了坏名声，实在是很冤枉。但为什么好端端的一只鸟，会被冤枉呢？

　　《国语》称："鸨，纯雌无雄，与它鸟合。"简单来说，就是鸨只有雌鸟，所以"人尽可夫"，生活作风十分随意，甚至是不检点。李时珍在《本草纲目》中说得也模棱两可——"闽语曰鸨无舌……或云纯雌无雄，与他鸟合"，说来说去，"闽语曰""或云"，大多都是听说，根本不是确凿可信的结论。明代宋权在《丹丘先生论曲》中说："妓之老者曰鸨。鸨似雁而大，无后趾，虎纹。喜淫而无厌，诸鸟求之即就。"清代《古今图书集成》也云："……鸨鸟为众鸟所淫，相传老娟呼鸨出于此。"

实际上，也是道听途书而已。就这样传来传去，清清白白的鸨变成了淫鸟。

繁衍生息本就是生物本能，为什么偏偏是鸨留下了如此不好的印象呢？鸨不善飞，所以其他鸟可以飞到其他人们看不到的地方交配，而鸨却只能在草地上，如此一来，人们就比较常见鸨的交配行为，久而久之，就留下了固有的印象。

鸨是有雌雄之分的，只不过雌鸟与雄鸟毛色相近，体形差别大，所以乍一看，以为是不同的鸟，造成了"人尽可夫"的印象。

如今，鸨已经濒临灭绝，在我国的也就剩下几百只了，属于国家一级保护动物。如果日后再提起它，千万要帮它解释一下。

出处

鸨 羽

肃肃鸨羽，集于苞栩。王事靡盬（gǔ），不能蓺（yì）稷黍。父母何怙？悠悠苍天，曷其有所？

肃肃鸨翼，集于苞棘。王事靡盬，不能蓺黍稷。父母何食？悠悠苍天，曷其有极？

肃肃鸨行，集于苞桑。王事靡盬，不能蓺稻粱。父母何尝？悠悠苍天，曷其有常？

雉

雉在《尔雅·释鸟》中，是被这样描述的："鷯雉、鷮（jiāo）雉、鳪雉、鷩雉、秩秩海雉、鸐山雉、翰雉、鶾雉。雉绝有力奋。""雉"其实有十四种之多，还有翟、翚（huī）、鷂、鷮、鳪等名字，雉和鸡不一样，前者属于野鸡，后者则属于家禽。

关于雉，史书记载不在少数，比如《本草纲目》称："雉飞若矢，一往而坠，故字从矢。"黄氏《韵会》云："雉，理也。雉有纹理也。故《尚书》谓之华虫。"《禽经》云："雉，介鸟也。素质五采备曰翚雉，青质五采备曰鷂雉，朱黄曰雉。"

总览《诗经》全篇，雉出现多次，涉及爱情、婚礼、善良的人，等等。

雉与爱情有关，"雄雉于飞，泄泄其羽。我之怀矣，自诒伊阻。雄雉于飞，下上其音。展矣君子，实劳我心"，是说丈夫在外服役，久不归家，妻子独自揣着思念之情苦苦等候。"有瀰济盈，有鷕雉鸣。济盈不濡轨，雉鸣求其牡"，是说在济水之畔，一个女子等待着心上人。

　　雉也出现在王族的婚礼上，"玼兮玼兮，其之翟也。鬒发如云，不屑髢也"，"硕人敖敖，说于农郊。四牡有骄，朱幩（fén）镳镳（biāo）。翟茀（fú）以朝"。

　　古人将兔子视作坏人，而雉则指的是好人，正直善良，如"有兔爰爰，雉离于罗。我生之初，尚无为，我生之后，逢此百罹。尚寐无吪"；《禽经》中也有有"取其雉性介而守，以比后德也"的言论。

　　雉，有容有貌，且品节高尚，所以人们将它与美好的事物相连，可以作为装饰，也可以来指代美人。《白虎通义》中描写说："取其不可诱之以食，慑之以威，必死不可生畜，士行威守节死义，不当转移也。"威武不屈，也是中国人格外欣赏的品节。

雉是西周先民眼中的吉祥物，是"神鸟"，谚语有云："鹊巢避风，雉去恶政。"《春秋感精符》："王者旁流四方，则白雉见。"《孝经援神契》中记载："周成王时，越裳献白雉。去京师三万里。王者祭祀不相逾，宴食衣服有节，则至。"又曰："德至鸟兽，故雉白首，妃房不偏，故白雉应。"施行德政，就会有雉出现。

雉虽说别名"野鸡"，听起来不是很文雅，但也是很可爱的一种鸟。

雄 雉

雄雉于飞，泄泄其羽。我之怀矣，自诒伊阻。

雄雉于飞，下上其音。展矣君子，实劳我心。

瞻彼日月，悠悠我思。道之云远，曷云能来？

百尔君子，不知德行。不忮不求，何用不臧？

鸡

鸡，是中国人再熟悉不过的家禽，也是十二生肖之一。

《郑风·女曰鸡鸣》之中有"女曰鸡鸣，士曰昧旦"，《齐风·鸡鸣》之中有"鸡既鸣矣，朝既盈矣。匪鸡则鸣，苍蝇之声"，是说夫妻之间，浓情蜜意；闻一多在《风诗类钞》中说："《女曰鸡鸣》，乐新婚也"，在先生看来，新婚夫妇才会有如此小情趣。

在《左传》中，鸡多是用来吃的。"公膳日双鸡"，齐国公卿大夫的工作餐是一天两只鸡。《吕氏春秋》记载："善学者，若齐王之食鸡也，必食其跖（zhí）数千而后足；虽不足，犹若有跖。"这里说齐王爱吃鸡爪。

在《诗经》中，鸡多是用来报时的。"鸡栖于埘，日之夕矣"，"鸡既鸣矣，朝既盈矣"，在没有钟表的时代，鸡鸣是通用的计时办法，即便到了以后，尤其是在农村，闻鸡而起，鸡栖而息。所以，鸡又得名"司晨"和"烛夜"，《说文解字》中说："鸡，知时畜也。"守时守信，风雨不停。

　　东晋大诗人陶渊明的"狗吠深巷中，鸡鸣桑树颠"，唐代诗人顾况的"板桥人渡泉声，茅檐日午鸡鸣"，自然的生活景象，安稳又有趣。

　　抛开对鸡的熟识，站在稍远的位置重新审视它，去体会战士的形象。

　　"风雨如晦，鸡鸣不已"，在风雨交加天色昏暗的早晨，雄鸡啼叫不止。1933年，正值北京大学35周年校庆，老校长蔡元培挥毫题词，"风雨如晦，鸡鸣不已"，以此号召北大学生在九·一八之后国难当头的危急时刻奋斗抗争，承担起知识分子对国家的责任。

1937年年初，日本帝国主义即将发动侵华战争，在国家危亡之际，著名画家徐悲鸿创作了国画《风雨鸡鸣》，一只威武的雄鸡在风雨之中，傲然立于巨石之上，仰天呼号，题词即为"风雨如晦，鸡鸣不已，既见君子，云胡不喜"——这是抗日救亡的呐喊声。

出处

郑风·风雨

风雨凄凄，鸡鸣喈喈。既见君子，云胡不夷！

风雨潇潇，鸡鸣胶胶。既见君子，云胡不瘳！

风雨如晦，鸡鸣不已。既见君子，云胡不喜！

鹑

提起鹌鹑，许多人对它的样子似乎没有什么印象，但一定在某次就餐时品过鹌鹑蛋的滋味。本来鹌是鹌，鹑是鹑，不过如今鹌鹑就是一种鸟，又叫鹑鸟、宛鹑、奔鹑等，能在《诗经》中出现，可见鹌鹑也是非常古老的。《山海经·西次三经》云："有鸟焉，其名曰鹑鸟，是司帝之百服。"

鹌鹑生性胆怯，善隐匿，可以成对生活，但不喜欢成群生活。《庄子》里说："夫圣人鹑居而鷇食，鸟行而无彰。"在庄子眼中，鹌鹑随遇而安的处世哲学是值得君子学习的。同样，在《鹑之奔奔》这首诗中，也是品德淳美。

鹌与安同音，所以又有"平安"之意，鹌鹑搭配禾穗，寓意"和平安定""岁岁平安"；搭配菊，则寓意"安居乐业"，搭配枸杞，则寓意"祈福安康"。古人用"鹑衣"来形容衣衫褴褛，就是因为鹌鹑的羽毛如同许多补丁。

中国人的胃口是挑剔的，飞禽之中，鹌鹑却是数一数二的美味。

在战国时，鹌鹑正式成为"六禽"中的一员，也就意味着成了一道美味佳肴。《礼记·曲礼》记载："鹑，为上大夫之礼"，可见鹌鹑不是寻常百姓可以享受到的。能得到达官显贵的喜爱，其肉质自然是上乘口感，但最开始的时候，人们驯养鹌鹑却不是为了享受它的味道，而是为了游戏，比如宋徽宗就是追捧者之一，时常以斗鹌鹑为乐。

宋代诗人梅尧臣有诗云："脱命秋隼下，鸣斗自为勇。争雄在数粒，一败势莫拥。惭将缩袖间，怀负默而拱。胜且勿苦欣，犹惊辱与宠。"人们聚在一起，跟斗蟋蟀有异曲同工之妙。

鹑

从玩到吃，鹌鹑也发挥着它的药用价值。李时珍在《本草纲目》中记载："肉能补五脏，益中续气，实筋骨，耐寒暑，消结热。"《食疗本草》也提醒人们："不可共猪肉食之，令人多生疮。"

说起来，鹌鹑还曾救过明朝苏州知府冯文灿的命。

当时，朱元璋巡游江浙，来到苏州后，冯文灿将他安顿在龙泉园内。一天，大雨倾盆，冯文灿担心池水暴涨，便在雨后前去查看，忽然在灌木丛中发现一张字条，仔细看过后吓了一跳。这时，朱元璋的近侍桂公公走了过来，冯文灿解释了一番为何来到此处，但绝口没提字条的事。桂公公走后，冯文灿赶忙找到老师刘伯温，刘伯温心知大事不好，便让冯文灿去买只鹌鹑，并叮嘱他要献给皇上。虽说不明所以，但他还是照做了。

原来，朱元璋平日里会将所思所想之事随时写在纸上，并随身携带，远远一看，会以为是系了几只鹌鹑。如此一来，就打消了朱元璋对冯文灿的疑心。机智如刘伯温，也多亏了鹌鹑，才保住了冯文灿的性命。

古老的鹌鹑，摇摇晃晃地走过历史来到如今，那就继续一起走下去吧。

出处

鹑之奔奔

鹑之奔奔，鹊之彊彊。人之无良，我以为兄！
鹊之彊彊，鹑之奔奔。人之无良，我以为君！

鹭

自古，白鹭就深受文人墨客的喜爱，他们不吝惜笔墨地歌颂它、赞美它，比如杜甫的"两个黄鹂鸣翠柳，一行白鹭上青天"，一幅祥和美好的画面油然而生。

人们将白鹭又叫作鹭鸶，它有着洁白的羽毛，亭亭独立。它有着长长的脖子，傲视远方，对它来说脖子其实是它的"秘密武器"。当它在空中高飞时，颈部以S形来保持稳定；当它在捕食猎物时，S形的脖子就会成为捕食工具，以迅雷不及掩耳之势快速弹出，快、准、狠地捕捉到猎物；当它撞到坚硬的东西时，S形的脖子又在第一时间保护它免于受伤。

郭沫若有篇名为《白鹭》的散文，字里行间，满是对白鹭的喜爱。

白鹭是一首精巧的诗。色素的配合，身段的大小，一切都很适宜……那雪白的蓑毛，那全身的流线型结构，那铁色的长喙，那青色的脚，增之一分则嫌长，减之一分则嫌短，素之一忽则嫌白，黛之一忽则嫌黑。在清水田里，时有一只两只白鹭站着钓鱼，整个的田变成了一幅嵌在玻璃框里的画。……晴天的清晨每每看见它孤独地站立在小树的绝顶，看来像不安稳，而它却很悠然。这是别的鸟很难表现的一种嗜好。……或许有人会感到美中不足，白鹭不会唱歌。但是白鹭的本身不就是一首很优美的歌吗？——不，歌未免太铿锵了。白鹭实在是一首诗，一首韵在骨子里的散文诗。

　　白鹭与厦门之间，还有一段故事。厦门又有"鹭岛"之称，这源于一个传说。

很久以前，厦门是一座荒岛，上面除了黑色的石头，一无所有。是一群白鹭不惜辛苦，衔来了草、树、稻种，不仅如此，白鹭还会驱赶岛上的毒蛇，一番努力下，荒岛变得花草茂盛，白鹭也由此定居下来。当人们发现这座岛屿时，映入眼帘的便是自由自在地漂浮在水上的白鹭，也就因此将这里取名为"鹭岛"，白鹭也与厦门结下了剪不断的情谊。

　　到了近代，人类因为无休止的贪念，差点让白鹭濒临灭绝。19世纪末到20世纪初，美国人用白鹭的羽毛来装饰帽子和衣服，一时间白鹭羽毛的价格直接超越黄金，甚至是黄金的两倍，白鹭遭到不加节制的捕杀。直到当时的美国总统罗斯福下令将大白鹭的繁殖区佛罗里达鹈鹕岛设定为保护区，白鹭才得以免于灭绝。

出处

鲁颂·有駜

　　有駜有駜，駜彼乘黄。夙夜在公，在公明明。振振鹭，鹭于下。鼓咽咽，醉言舞。于胥乐兮！

　　有駜有駜，駜彼乘牡。夙夜在公，在公饮酒。振振鹭，鹭于飞。鼓咽咽，醉言归。于胥乐兮！

　　有駜有駜，駜彼乘骃。夙夜在公，在公载燕。自今以始，岁其有。君子有穀，诒孙子。于胥乐兮！

兽卷

风吹草低见牛羊

　　《诗经》中的动物，穿梭于田野间，似乎不经意间就能擦肩而过，人与自然相处得如此和谐。对于生活在钢筋水泥中的现代人而言，那是遥不可及的生活模式。好在，《诗经》流传了下来，我们得以撇开如今，走进历史中。

　　"麟之趾，振振公子"，《毛诗传》解释，"麟信而有礼，以足至者"。麒麟与公子交相辉映，以前者赞美后者的彬彬有礼、诚实仁厚。

　　《五杂俎》记载，麒麟"角似鹿，头似驼，眼似兔，项似蛇，腹似蜃，鳞似鱼，爪似鹰，掌似虎，耳似牛"，有狮头、鹿角，虎眼、麋身、龙鳞、牛尾。

　　麒麟是古人心目中的祥瑞之物，可保太平和长寿，《礼记》记载："麟凤龟龙，谓之四灵。"雄性称麒，雌性称麟，《宋书》记载："麒麟者，仁兽也。牡曰麒，牝曰麟。"

　　在民间，也有"麒麟送子"之意，杜甫诗云："君不见徐卿二子生绝奇。感应吉梦相追随。孔子释氏亲抱送，并是天上麒麟儿。"胡朴安《中华全国风俗志·湖南》引《长治新年纪俗诗》："妇女围龙可受胎，痴心求子亦奇哉。真龙不及纸龙好，能作麟麟送子来。"正如"麒麟儿""麟儿"的美称。南北朝时，称呼天资聪颖的男娃为"吾家麒麟"，父母还会给婴幼儿佩戴"麒麟锁"，祈祷平安健康。

孔子与麒麟有不解之缘，在他出生之前，就有麒麟来到他家院内"口吐玉书"，上面有"水精之子，系衰周而素王"的内容。之后在《春秋》中，有"西狩获麟"及"吾道穷矣"的记述。在他去世不久前，曾写下"唐虞世兮麟凤游，今非其时来何求？麟兮麟兮我心忧"。

麒麟曾一度活跃于鲁国境内，并非不寻常之物。后来，麒麟越发稀有罕见，人们闻其名却未见其形。

那么，麒麟为什么会被神化呢？王晖先生在《麒麟原型与中国古代犀牛活动南移考》一文做了解释，他写道："麒麟单称麟，又作麢，古文字中作'薦'，古代被视为四灵兽之一。麒麟身上有铠甲式的外表及圆泡钉式的纹斑'肉甲'而被称为'麢'（薦）或'麟'，因有头顶部的一只角而被归于鹿属动物。但据头上独肉角、铠甲式外表、圆泡钉式'肉甲'与马蹄类圆蹄，其原型为印度犀牛。印度犀牛因为气候环境的变迁，不断南移，中原少见，偶尔来至中原，便被认为是因圣王'仁德'而来，这便是麒麟被神化的原因。"

麒麟，有仁厚君子的谦谦风度。西凉武昭王《麒麟颂》曰："一角圆蹄，行中规矩，游必择地，翔而后处，不蹈陷阱，不罹罗罟。"《宋书·符瑞志》曰："含仁而戴义，不饮池，不入坑阱，不行罗网。"

《说苑》亦有"含仁怀义，音中律吕，行步中规，折旋中矩，择土而后践，位平然而后处，不群居，不旅行，纷兮其质文也，幽间循循如也"的记载。汉武帝建造了一座麒麟阁，将功臣画像挂于阁内；武则天下令绣制"麒麟袍"，专门赏赐给三品以上的武将；清代时，武官一品的"补子"上，会有麒麟图样。

隐匿于时空中的神兽，不知何时会现身。

麟之趾

麟之趾，振振公子，于嗟麟兮。

麟之定，振振公姓，于嗟麟兮。

麟之角，振振公族，于嗟麟兮。

鼠

　　在中国人的传统观念中，老鼠狡猾奸诈，是不讨喜的动物，多用作贬义，比如"蛇鼠一窝""老鼠过街，人人喊打"等。

　　《硕鼠》中直呼"硕鼠硕鼠，无食我黍"，恳求大老鼠不要再吃粮食了，字里行间透露着辛苦劳作被糟蹋的委屈无奈。在农耕文明阶段，人们的生活本就维艰，丑陋的老鼠不劳而获，窃食为生，百姓自然与它为敌。

　　《诗序》认为老鼠"贪而畏人"，重敛者"蚕食于民……若大鼠也"，所以，剥削百姓的官吏，贪得无厌，也被称为"硕鼠"。在《相鼠》中，"相鼠有皮，人而无仪！人而无仪，不死何为？相鼠有齿，人而无止！人而无止，不死何俟？相鼠有体，人而无礼！人而无礼，胡不遄死？"字字掷地有声，斥责有些人还不如老鼠，十分解恨。

　　其他人都在痛骂老鼠，《召南·行露》则有所不同，"虽速我狱，室家不足！谁谓鼠无牙？何以穿我墉？谁谓女无家？何以速我讼"，鼠虽有牙而无穿我墙之理，没有责骂，只是通过老鼠委婉地表达态度。

鼠

老鼠臭名远扬，也并不冤枉。

战国时期，秦国的丞相李斯，年少时生在贫寒之家，凭借聪慧与好学，经人举荐成为看管粮仓的小吏。《史记·李斯列传》记载："年少时，为郡小吏，见吏舍厕中鼠，食不絜，近人犬，数惊恐之。斯入仓，观仓中鼠，食积粟，居大庑之下，不见人犬之忧。于是李斯乃叹曰：'人之贤不肖譬如鼠矣，在所自处耳！'。"厕所中的老鼠，以肮脏的粪便为食，即便如此，还要经受人们的驱赶，而粮仓中的老鼠吃着谷粟，且基本无人看管。这种鲜明的对比，震撼着李斯的内心世界，在成为宰相后，他与宦官赵高同流合污，所作所为与"硕鼠"无异，最终落得满门抄斩的下场。千年万年，他也摆脱不了"官仓鼠"的形象。

老鼠多被用作贬义，实在是用得非常广泛又彻底。比如首鼠两端，形容犹豫不决、动摇不定的样子，《史记·魏其武安侯列传》记载："武安已罢朝，出止车门，召韩御史大夫载，怒曰：'与长儒共一老秃翁，何为首鼠两端。"比如鼠窃狗盗，专指小偷小摸，《史记·刘敬叔孙通列传》写道："此特群盗鼠窃狗盗耳，何足置之齿牙间！"再比如盗鼠，施耐庵在《水浒传》将小偷称为"鼠窃狗盗之徒"，后世便将盗贼称作鼠盗。

人们对于一种动物的爱恨，绝对不是单凭感觉，如果老鼠像牛一样勤恳，那么人们也不会吝惜赞美之词。

出处

硕　鼠

硕鼠硕鼠，无食我黍！三岁贯女，莫我肯顾。逝将去女，适彼乐土。乐土乐土，爰得我所。

硕鼠硕鼠，无食我麦！三岁贯女，莫我肯德。逝将去女，适彼乐国。乐国乐国，爰得我直。

硕鼠硕鼠，无食我苗！三岁贯女，莫我肯劳。逝将去女，适彼乐郊。乐郊乐郊，谁之永号？

狐

淇水河边，水落石出。一只瘦削单薄的狐狸，踽踽独行，仿佛从千百年前走到今时今日，它孤独又散漫。

"有狐绥绥，在彼淇梁"，诗中只是平凡的狐狸，不关乎神话，不关乎祥瑞，只关乎此时此刻的惦念。大部分学者认为，《有狐》表达了妻子对久役于外的丈夫的担忧。

狐狸，种类繁多，有北极狐、赤狐、银黑狐、沙狐等。它们有着灵活的耳朵、灵敏的嗅觉以及修长的腿，作为肉食动物，对鱼、蚌、虾、蟹、鼠类、鸟类、昆虫类小型动物来者不拒。

多年来，狐妖狐仙，在各种小说及趣闻中形成一种独有的妖精文化。在中国古代神话中，九尾狐是不可或缺的动物，《山海经》云："青丘之山有兽焉，其状如狐而九尾，其音如婴儿，能食人，食者不蛊。"与一般狐狸不同，九尾狐有九条尾巴，《瑞应图谱》中说："王者不倾于色，则九尾狐至焉。"九尾狐，有祥瑞之兆。

唐宋时，狐狸多以魅惑男子的形象出现在志怪小说中，《朝野佥载》记述："百姓多事狐神，房中祭祀以乞恩，食饮与人同之，事者非一主，当时有谚曰：无狐魅，不成村。"对当时的女人而言，狐狸是种信仰，由此慢慢演变成投怀送抱的狐狸精形象，狐仙狐妖也越来越多，狡诈鬼祟，距离周时的君子之姿渐行渐远。

《山海经》有狐仙涂山氏的记载，也就是大禹之妻，一出场便是"绥绥白狐"。实际上，涂山氏并非狐仙，而是以九尾狐为图腾的部族，据《吴越春秋·越王无馀外传》记载："涂山之歌曰：'绥绥白狐，九尾痝痝。我家嘉夷，来宾为王。成家成室，我造彼昌。天人之际，于兹则行。'"三十未娶的大禹听后，娶涂山氏族一名为女娇的女子为妻，结束了单身生活。

在日本，狐狸是主管丰收的稻荷神的使者，各地都有专门祭祀狐狸神的稻荷神社，人们祈求红运昌隆，其普遍程度有点类似我们国内的土地公庙。与中国多以女人形态示人不同，日本的狐狸时男时女。

日本的灵狐有许多种，包括黑狐，是北斗七星的化身；银狐，象征着月亮；赤狐，担任神社重要职务；白狐，是善狐的代表，也是稻荷神社祭祀最多的狐狸；九尾狐，是野狐；天狐，年龄超过一千岁，神力强大；空狐，年龄超过三千岁，是神一样的存在，也是狐中的最高位，此时的狐狸以"人"的姿态出现，只有耳朵保持着狐狸的样子。

时至今日，狐狸似乎依旧保留着自由自在的灵魂，在某处走走停停，过着自己的小日子。

出 处

有　狐

有狐绥绥，在彼淇梁。心之忧矣，之子无裳。

有狐绥绥，在彼淇厉。心之忧矣，之子无带。

有狐绥绥，在彼淇侧。心之忧矣，之子无服。

马

古人倾心于马，留下了绚烂丰富的马文化。单说《诗经》之中，与马有关的名词就包括驹、骒（lái）、骄、骖、驷、骊、驖（tiě）、骐、駵（zhù）、駵（liú）、骝、驳、骆、駰、骍、騵（yuán）、駉（jiōng）、驈（yù）、駓、骓、驒（tuó）、騢（xiá）、驔（diàn）、駜（bì）、骓、骍、白颠（diān）、皇、黄、鱼、服等。

自商代始，有了鉴定马品种优劣的相马术，伯乐和九方皋即相马名家。一匹马是好是坏，可以从毛色、体态、特征以及头、眼、鬃等方面来判断，不同的马也就有了不同的称呼。

按照大小，五尺以上称为驹，六尺以上称为马，高六尺称为骄，七尺以上称为駥；按照颜色，也会细致到整体和局部，比如整体深黑色为骊，赤黑色为驖，而从跨、腹、足、鬃等个别部位来看，骊马白跨为骍，駵为左足白、膝上皆白。辨识如此细致，令人惊叹。

关于马的描述，也是极为丰富的。如"蹻蹻""骙骙"，意为强壮；"旁旁""骙骙"，意为善跑；"麃麃""彭彭"，意为威武；
"修广"，意为高大。

起初，马最重要的用途，是在征战、狩猎和王事活动中用来驾车。《说文》曰："马，怒也。武也。"《后汉书·马援传》曰："马者，甲兵之本，国之大用。"可见，在战事中，马发挥着举足轻重的作用。在牧野之战中，周武王之所以能够大胜殷纣王，马所起到的作用至关重要，《大雅·大明》不吝溢美之词："牧野洋洋，檀车煌煌。驷騵彭彭，维师尚父。"

狩猎也少不了马，"驷骥孔阜，六辔在手。公之媚子，从公于狩"，四马驾车打猎，尽享悠闲。《郑风·大叔于田》也有关于狩猎场面的描述："叔于田，乘乘黄。两服上襄，两骖雁行。叔在薮，火烈具扬。叔善射忌，又良御忌。抑磬控忌，抑纵送忌。"深草密林之中，畅快奔驰。生活在钢筋水泥之中的现代人，很难体会到古人骑马驰骋的乐趣。

事关国家大事，关于马的驯养管理也就尤为重要。周代，跟马有关系的官职就有七种，包括校人、趣马、牧师等，从教养、乘御、医疾等方面，构建了完备的马政制度。

婚嫁也少不了马，《礼记》《仪礼》所规定的"亲迎"礼，马也是重要角色。《后笺》云："秣马、秣驹，乃欲以亲迎之礼行之。"《豳风·东山》中"之子于归，皇驳其马"，讲的就是用黄白色和赤白色的马来迎亲，彰显吉祥之意。《小雅·鸳鸯》中"乘马在厩，摧之秣之。君子万年，福禄艾之"，就是一首婚礼祝词，祈盼人丁兴旺。

马

出处

駉

 駉駉牡马，在坰之野。薄言駉者，有驈有皇，有骊有黄，以车彭彭。思无疆思，马斯臧。

 駉駉牡马，在坰之野。薄言駉者，有骓有駓，有骍有骐，以车伾

145

伾。思无期思，马斯才。

　　駉駉牡马，在坰之野。薄言駉者，有驒有骆，有骝有雒，以车绎绎。思无斁思，马斯作。

　　駉駉牡马，在坰之野。薄言駉者，有驈有騢，有驔有鱼，以车祛祛。思无邪思，马斯徂。

猫

纵观诗词歌赋，鸟兽虫鱼多之又多，但猫却罕见。

《大雅·韩奕》的"有熊有罴，有猫有虎"，说明西周时，猫就以自由的山猫身份出现在了古人的视线中。

宋代吴自牧所著《梦粱录》当中介绍说："猫，都人畜之，捕鼠，有长毛。白黄色者称曰'狮猫'，不能捕鼠，以为美观，多府第贵官诸司人畜之，特见贵爱。"北宋时期，除了有抓老鼠的家猫，还有当作宠物的"狮猫"。

猫之所以叫这个名字，许多人认为是因为猫的叫声——"喵……喵……喵……"，当人们发现之后，便以此为名，李时珍就认同这种观点。宋代陆佃则认为："鼠善害苗，而猫能捕鼠，去苗之害，故猫之字从苗。诗曰：有猫有虎，猫食天鼠，虎食田豕，故诗以誉韩奕而记曰：迎猫为其食田鼠也，迎虎以其食田豕也。"猫捕食田鼠，保护禾苗，有了"苗"，才有了"猫"。

《礼记》记载："蜡之祭也：主先啬，而祭司啬也。祭百种以报啬也。飨农及邮表畷，禽兽，仁之至、义之尽也。古之君子，使之必报之。迎猫，为其食田鼠也。迎虎，为其食田豕也，迎而祭之也。"古人祭拜猫和虎，理由简单，就是猫吃老鼠，虎吃野猪，正应了"不管白猫黑猫，能抓老鼠就是好猫"，能造福于民就值得礼遇。

　　"中兴四大诗人"之一的杨万里有诗云："朝慵午倦谁相伴，猫枕桃笙苦竹床"，说猫朝慵午倦，慵懒惬意；秦观的"雪猫戏扑风花影"，描述风动花影，一只白猫自娱自乐；黄庭坚的"秋来鼠辈欺猫死，窥瓮翻盘搅夜眠。闻道狸奴将数子，买鱼穿柳聘衔蝉"，确认

过眼神，是养过猫的人。

既然早就有猫，为什么猫不在十二生肖之列呢？隋朝萧吉的《五行大义》记载："十二属配十二支，支有三禽，故三十有六禽。申朝为猫，昼为猿，暮为猴。"三十六禽，又叫作三十六时兽、三十六兽，在昼夜十二辰交互出现，以此恼乱修禅者。

如今的猫，被尊称一声"猫主子"，毕竟，可萌可高冷，实在不得不爱。

出处

韩 奕

奕奕梁山，维禹甸之，有倬其道。韩侯受命，王亲命之：缵戎祖考，无废朕命。夙夜匪解，虔共尔位，朕命不易。榦不庭方，以佐戎辟。

四牡奕奕，孔脩且张。韩侯入觐，以其介圭，入觐于王。王锡韩侯，淑旂绥章，簟茀错衡，玄衮赤舄，钩膺镂锡，鞹鞃浅幭，鞗革金厄。

韩侯出祖，出宿于屠。显父饯之，清酒百壶。其肴维何？炰鳖鲜鱼。其蔌维何？维笋及蒲。其赠维何？乘马路车。笾豆有且。侯氏燕胥。

韩侯取妻，汾王之甥，蹶父之子。韩侯迎止，于蹶之里。百两彭彭，八鸾锵锵，不显其光。诸娣从之，祁祁如云。韩侯顾之，烂其盈门。

蹶父孔武，靡国不到。为韩姞相攸，莫如韩乐。孔乐韩土，川泽訏訏，鲂鱮甫甫，麀鹿噳噳，有熊有罴，有猫有虎。庆既令居，韩姞燕誉。

溥彼韩城，燕师所完。以先祖受命，因时百蛮。王锡韩侯，其追其貊。奄受北国，因以其伯。实墉实壑，实亩实藉。献其貔皮，赤豹黄罴。

鹿

《诗经》中出现的鹿，多是麋鹿，俗称"四不像"。从古至今，鹿都是珍贵的宝物，据《管子》记载，管仲曾向齐桓公提议，赠予诸侯的礼物"令齐以豹皮往，小侯以鹿皮报。齐以马往，小侯以犬报"，以鹿皮礼尚往来，可见其的价值。

现代的年轻人结婚时，钻戒是必不可少的，而古人婚礼纳徵，用鹿皮为贽。"野有死麕"，或许正是小伙子为了心爱的姑娘准备聘礼。闻一多先生曾推论，大概上古时期，还是在用整只鹿作为聘礼，到了后世则一切从简，变成了鹿皮。《山海经·南山经》中载有名叫"鹿蜀"的马形虎纹，白头赤尾，鸣声如歌谣的怪兽，人佩戴它的皮毛，可繁衍子孙。

在《诗经》笔下，鹿是亲和可爱的，"呦呦鹿鸣，食野之苹"，温顺可爱跃然纸上。《毛传》曰："鹿得蓱（píng），呦呦然鸣而相呼，恳诚发乎中。以兴嘉乐宾客，当有恳诚相招呼以成礼也。"《毛诗正义》解释说："……以鹿无外貌矫饰之情，得草相呼，出自中心，是其恳诚也……言人君嘉善爱乐其宾客，而为设酒食，亦当如鹿有恳诚，自相招呼其臣子，以成飨食燕饮之礼焉。"

朱熹同样认为："先王因其饮食聚会，而制为燕飨之礼，以通上下之情。而其乐歌又以鹿鸣起兴，而言其礼意之厚如此，庶乎人之好我，而示我以大道也……盖其所望于群臣嘉宾者，惟在于示我以大道，则必不以私惠为德而自留矣。"

鹿

统治者以鹿鸣歌颂德音，甚至有"鹿鸣宴"一说，《新唐书·选举志》记载："每岁终冬……试已，长吏以乡饮酒礼，会属僚，设宾主，陈俎豆，备管弦，牲用少牢，歌《鹿鸣》之诗。"

《诗经·小雅·吉日》中，"兽之所同，麀鹿麌麌"，鹿作为猎物存在。为了及时行乐，还建立了专门用于狩猎的鹿苑，《春秋》即有"筑鹿囿"的记载。

直至"逐鹿中原""鹿死谁手"，鹿则逐渐演变为权力的象征。《汉书》记载，"且秦失其鹿，天下共逐之"，"鹿"即帝位。《晋书·石勒载记》，"勒笑曰：'朕若逢高皇，当北面而事之，与韩彭竞鞭而争先也。脱遇光武，当并驱于中原，未知鹿死谁手。'"

出处

诗经·小雅·鹿鸣

呦呦鹿鸣，食野之苹。

我有嘉宾，鼓瑟吹笙。吹笙鼓簧，承筐是将。

人之好我，示我周行。

呦呦鹿鸣，食野之蒿。

我有嘉宾，德音孔昭。视民不恌，君子是则是效。

我有旨酒，嘉宾式燕以敖。

呦呦鹿鸣，食野之芩。

我有嘉宾，鼓瑟鼓琴。鼓瑟鼓琴，和乐且湛。

我有旨酒，以燕乐嘉宾之心。

牛

在我国数千年的历史长河中，前有"但得众生皆得饱，不辞羸病卧残阳"，后有"横眉冷对千夫指，俯首甘为孺子牛"，对中国人而言，牛象征着勤劳，日出而作日入而息，与无数百姓一同辛勤劳作。

早在七千年之前，牛就成为人们生活中的一部分，确切地说，当时是为了吃牛肉。从黄帝时代开始，牛被用来驾车，西周起又被用来耕田。《小雅·黍苗》的"我任我辇，我车我牛"，是说一人挽辇，一人肩扛，一人扶车，一人牵牛，牛与建筑谢城的役夫们一道勤恳劳作。

祭祀中，牛扮演着重要的角色。《礼记·王制》云："天子社稷皆太牢，诸侯社稷皆少牢。"简单来说，"太牢"指的是有牛有羊又有猪，"少牢"则是只有羊和猪。《小雅·楚茨》云："（洁）尔牛羊，以往烝尝。"冬天和秋天的祭祀分别称为尝。关于祭祀的一切，都马虎不得，"秋而载尝，夏而楅衡。白牡骍刚，牺尊将将"，在夏天时就已经提前为秋天的祭祀做准备，将红色和白色的公牛圈养起来，细心照料，必须完好无伤；到时候，酒尊也是牺牛的形状，足见其重要性。

牛

如今我们说起牛，大概都是在想怎么做牛肉才好吃，但古人花样更多。比如牛尾，是古人舞蹈的道具，"昔葛天氏之乐，三人操牛尾，投足以歌八阕"；比如兕觥，"兕觥其觩，旨酒思柔"，就是用野牛角制成的酒杯。

牛的辛劳，古人看在眼里，明高启"日斜草远牛行迟，牛劳牛饥唯我知"，任劳任怨的牛儿确实辛苦。当其他人都在赞美牛的勤劳时，庄子早已看透一切，当楚威王"厚币迎之，许以为相"时，他笑着说："千金，重利；卿相，尊位也。子独不见郊祭之牺牛乎？养食之数岁，衣以文绣，以入大庙。当是之时，虽欲为孤豚，岂可得乎？子亟去，无污我。我宁游戏污渎之中自快，无为有国者所羁，终身不仕，以快吾志焉。"权力、名利都不及身心自在重要，所以宁愿在小水沟里自由自在，也不愿被束缚，逍遥无恃才是庄子想要的。

出处

黍 苗

芃芃黍苗，阴雨膏之。悠悠南行，召伯劳之。
我任我辇，我车我牛。我行既集，盖云归哉。
我徒我御，我师我旅。我行既集，盖云归处。
肃肃谢功，召伯营之。烈烈征师，召伯成之。
原隰既平，泉流既清。召伯有成，王心则宁。

狼

　　狼，貌似是贪婪、狡诈、凶残的代表，就连"狼"的汉字都是比"狈"字还多了那么一点。自古以来人们对狼有褒有贬，但还是贬义居多，如狼心狗肺、狼狈为奸以及狼子野心等成语，想要找到一个褒义的成语似乎并不那么容易。

　　分布在我国的狼，多是体形较小的蒙古狼、西藏狼、欧亚狼等品种。狼所生活的地区，气候环境严苛，大自然优胜劣汰，物竟天择，适者生存。

　　古人怕狼，狼危害着畜牧业，千辛万苦养大的牛羊，一旦遭遇狼的袭击，就会死伤惨重，牧民也就蒙受巨大的经济损失。如今，狼的生存状况堪忧。森林中的强者，却也是现代文明面前的弱者。

　　狼群中，生育是头狼的特权，以确保狼崽顺利长大。直到两岁时，狼崽才具备了完全独立的能力。狼群的数量则决定着狼崽的去留，如果数量多则被逐出狼群，数量少则留在狼群成为一分子。

　　当然，狼有贪婪、狡诈、凶残的一面，也有团结、勇猛、不屈的一面。内蒙古的汉子有蒙古狼、西北狼之类的称呼。蒙古族传说是苍狼白鹿的后代。"狼性"现在也多被认为是团队团结、目标性强的一种精神。

在蒲松龄笔下，狼的贪婪和狡诈被描写得入木三分。"有屠人货肉归，日已暮，欻一狼来，瞰担上肉，似甚垂涎，随尾行数里"，说狼盯上了屠夫，没有急于进攻，而是机智地尾随身后，等待时机。"屠惧，示之以刃，少却；及走，又从之。屠无计，思狼所欲者肉，不如姑悬诸树而蚤取之。遂钩肉，翘足挂树间，示以空担。狼乃止"，说狼和屠夫斗智斗勇，"昧爽，往取肉，遥望树上悬巨物，似人缢死状。大骇，逡巡近视之，则死狼也"，但最终还是屠夫技高一筹，"时狼革价昂，直十余金，屠小裕焉"，蒲松龄还嘲笑了狼一番，说"缘木求鱼，狼则罹之，是可笑也"。

狼本就是狩猎型的动物，懂进退，但它遇上了更聪明的人，败也败在智不如人上。

出处

豳风处人跋

狼跋其胡，载疐其尾。公孙硕肤，赤舄几几。
狼疐其尾，载跋其胡。公孙硕肤，德音不瑕？

羊

羊，通"祥"，寓意"吉祥"，在出土的汉代瓦当、铜镜等铭刻中，常见"宜侯王大吉羊（祥）"的字样。

人类饲养羊群，始于西周。《小雅·无羊》中有"谁谓尔无羊？三百维群"。古人对羊有明确的划分，"既有肥羜，以速诸父"中，"羜"是出生五个月的小羊；"由醉之言，俾出童羖"中，"童羖"是没有角的公羊；"牂羊坟首，三星在罶"中，"牂羊"是母羊；"取羝以軷，载燔载烈"中，"羝"是公羊。

同牛一样，古人的大事小情都离不开羊。商王武丁"卜用百犬、百羊"，会用犬与羊来进行占卜，羊更多的是作为祭祀的祭品，"四之日其蚤，献羔祭韭"，"以我齐明，与我牺羊，以社以方"，"我将我享，维羊维牛，维天其右之"，无一不是将羊献给神灵祈求顺遂。

《诗传名物集览》写道："《周礼》曰，王祀昊天上帝，则服大裘而冕。祀五帝亦如之"，祭祀时，羊肉是必备的祭品，羔裘是必要的穿着，要盛装出席，以示敬意。

　　羊是古人款待亲朋好友的美味，如"朋酒斯飨，曰杀羔羊，跻彼公堂，称彼兕觥，万寿无疆"，是说用美酒美食敬宾客；"伐木许许，酾酒有藇。既有肥羜，以速诸父"，意思是清纯无杂质的酒，搭配肥美的羊羔，一同坐下来谈天说地。

　　羊也是古人的衣服，"羔裘"即礼服，就是用羊皮做成的。"羔裘如濡，洵直且侯彼其之子，舍命不渝……羔裘豹饰，孔武有力。羔裘晏兮，三英粲兮""羔裘逍遥，狐裘以朝。羔裘翱翔，狐裘在堂。羔裘如膏，日出有曜"，"羔裘"多次出现。

　　《韩诗外传》记载，春秋时期，鲁哀公"使人穿井，三月不得泉"，打井打了三个月，泉水没得到，但挖出了一只玉羊。鲁哀公兴奋之余，命人打鼓跳舞，想让玉羊飞到天上去，结果事与愿违，玉羊动也没有动，孔子见到后解释说："水之精为玉，土之精为羊。此羊肝土也。"果然，杀了羊取出肝一看，是泥土做的。

《论衡》记载了皋陶用獬豸治狱的传说，獬豸"一角之羊也，性知有罪。皋陶治狱，其罪疑者，令羊触之，有罪则触，无罪则不触。故皋陶敬羊"。

在古人眼中，羊知礼，温柔敦厚，说"文王之政，廉直，德如羔羊"。小羊"跪乳"吃奶，懂感恩。"人之初，性本善"，这个"善"则与羊有关，"从羊从言，羊取其'人人之意；其言为人人上出之气，为善"。

小雅·无羊

谁谓尔无羊？三百维群。谁谓尔无牛？九十其犉。尔羊来思，其角濈濈。尔牛来思，其耳湿湿。

或降于阿，或饮于池，或寝或讹。尔牧来思，何蓑何笠，或负其餱。三十维物，尔牲则具。

尔牧来思，以薪以蒸，以雌以雄。尔羊来思，矜矜兢兢，不骞不崩。麾之以肱，毕来既升。

牧人乃梦，众维鱼矣，旐维旟矣，大人占之：众维鱼矣，实维丰年；旐维旟矣，室家溱溱。

兔

多少人曾在"小白兔白又白，两只耳朵竖起来，爱吃萝卜和青菜，蹦蹦跳跳真可爱"的儿歌中长大？小白兔的确很可爱，但在古人眼中，兔子和狐狸一样，象征着狡猾，所以才会说"兔死狐悲"，类以群分。中国自有的兔子是野兔，大多呈灰色，稍有土黄色。白兔是地中海"穴兔"的后代，直到明中后期才引入中国。

宋代诗人陆游的祖父陆佃在《埤雅》说："兔，吐也。明月之精，视月而生，故曰明视。"传说中，兔子是月亮的精灵，单是注视着明月，就能孕育新生。兔子和月亮似乎有着解不开的缘分，玉兔是月亮的代言人。李白的"白兔捣药成，问言谁与餐"，说的是一只忙着捣药的兔子；李贺的"吴质不眠倚桂树，露脚斜飞湿寒兔"，说的是一只在桂树下伫立聆听的兔子；辛弃疾的"虾蟆故堪浴水，问云何、玉兔解沈浮"，说的是一只故作深沉的兔子。

古人认为"赤兔大瑞，白兔中瑞"，白兔是祥瑞之兆。传说中太阳上有三足金乌，月亮上有蟾蜍，后来，玉兔代替了蟾蜍，至于原因，闻一多先生认为："盖蟾蜍之蜍与兔音易混，蟾蜍变为蟾兔，于是一名析为二物，而两设蟾蜍与兔之说生焉。"

马瑞辰在《毛诗传笺通释》中说："狡兔以喻小人；雉，耿介之鸟，以喻君子。有兔爰爰，以喻小人之放纵；雉离于罗，以喻君子之获罪。"

朱熹《诗集传》解释说："言张罗本以取兔，今兔狡得脱，而雉以耿介，反离于罗，以比小人致乱，而以巧计幸免，君子无辜，而以忠直受祸也。为此诗者，盖犹及见西周之盛。故曰，方我生之初，天下尚无事，及我生之后，而逢时之多难如此。然既无如之何，则但庶几寐而不动以死耳。或曰，兴也。以兔爰兴无为，以雉离兴百罹也。下章仿此。"

清代陈维崧的《醉落魄·咏鹰》云："男儿身手和谁赌。老来猛气还轩举。人间多少闲狐兔。月黑沙黄，此际偏思汝。"

大自然奉行优胜劣汰的准则，兔子没有尖牙利爪，为了生存，只能拼命跑，"兔起凫举""兔起鹘落"，说的都是兔子跑得快。《孙子》说："始如处女，敌人开户；后如脱兔，敌不及拒"，这也是"动如脱兔"的由来。《三国演义》中先属吕布后归关羽的宝马，就名"赤兔"。"狡兔三窟"又足见兔子的机智狡猾，懂得依靠隐蔽来保护自己。

兔子可爱，也美味。《瓠叶》曰："幡幡瓠叶，采之亨之。君子有酒，酌言尝之。有兔斯首，燔之炙之。君子有酒，酌言酢之。"烧烤盛宴，吃的就有兔子。

出处

国风·王风·兔爰

有兔爰爰，雉离于罗。我生之初，尚无为；我生之后，逢此百罹。尚寐无吪！

有兔爰爰，雉离于罦。我生之初，尚无造；我生之后，逢此百忧。尚寐无觉！

有兔爰爰，雉离于罿。我生之初，尚无庸；我生之后，逢此百凶。尚寐无聪！

犬

　　"通而言之，狗犬通名，若分而言之，则大者为犬，小者为狗。"虽说古人有犬和狗之分，但如今已经是一样的意思了。在狩猎采集时代，人们将狼驯化为狗，因其勇猛好斗，成为狩猎的好帮手，"跃跃狡兔，遇犬获之""兔从狗窦入，雉从梁上飞"。

　　狗与马、牛、羊、猪、鸡并称"六畜"，是生活中常见的动物。切记，遇到陌生的狗，千万不要摸它的屁股和尾巴，正如"老虎的屁股摸不得"，对并不熟悉的狗狗，也不要随便去摸。如果在你面前，一只狗能够躺下来露出肚子，那就表示一种信任。

　　人们将狗称作最忠实的朋友，诚恳且恰当。

　　北魏贾岱宗的《大狗赋》曰："非吾畋猎之有益，乃可安国卫四邻者也。"可见，狗发挥着重要的作用，是忠实可靠的朋友，实至名归。

　　《史记》卷五十三《萧相国世家》，高帝曰："夫猎，追杀兽兔者狗也，而发踪指示兽处者人也。今诸君徒能得走兽耳，功狗也。"以"功狗"比喻良辰猛将，赞其忠肝义胆、冲锋陷阵。

    苏东坡诗云："乌喙本海獒，幸我为之主。食余已瓠肥，终不忧鼎俎。昼驯识宾客，夜悍为门户。知我当北还，掉尾喜欲舞。跳踉趁童仆，吐舌漏汗雨。长桥不肯蹑，竟渡清江浦。拍浮似鹅鸭，登岸剧狮虎。盗肉亦小疵，鞭笞当惯汝。再拜谢恩厚，天下遣言语。何当寄家书，黄耳定乃祖。"

    李白的"犬吠水声中，桃花带雨浓"，王维的"篱间犬迎吠，出屋候荆扉"，贾岛的"此行无弟子，白犬自相随"，可见狗已经融入了人们的生活中。

白居易似乎格外喜欢犬，在他所写的诗歌中经常能看到犬的身影，"门前何所有，偶睹犬与鸢。鸢饱凌风飞，犬暖向日眠"，在阳光下酣睡的犬，不觉得它可爱才怪。

　　杜甫也不甘"示弱"，他的诗歌中有多首诗与犬有关，"生女有所归，鸡狗亦得将。君今往死地，沉痛迫中肠"，更是道出了"嫁鸡随鸡，嫁狗随狗"的人生智慧。

出处

卢 令

卢令令，其人美且仁。

卢重环，其人美且鬈。

卢重鋂，其人美且偲。

豝（bā）

中国是全球最大的猪肉生产和消费国，中国人对猪肉的偏爱非同一般，家家户户的餐桌上，多少都有用猪肉制成的"硬菜"。实际上，在千百年前，猪就已经是人们生活中的重要组成部分了。

古人将野猪驯化为家猪，开始进行饲养，尤其在汉文化中，猪拥有举足轻重的地位。猪与人们的生活息息相关，所以将猪进行了细分，比如在《诗经》中，猪被称作豕，小猪被称作豵，母猪被称作豝。

"家"字拆解来看，就是在屋顶下有一只豕，而在甲骨文和篆文中，"豕"如同一头猪。如今，我们用"牺牲"来形容那些为了正义事业而舍弃自己的利益甚至生命的人，古时，则指的是祭神用的牲畜，而猪就是非常重要的"牺牲"。

古时，有猪的日子，就是好日子。《孟子·梁惠王上》中说："鸡豚狗彘之畜，无失其时，七十者可以食肉矣。"心愿朴素，就是能吃肉。

野猪出没，成为人们的猎物，"彼茁者葭，壹发五豝，于嗟乎驺虞""有豕白蹢，烝涉波矣""既张我弓，既挟我矢。发彼小犯，殪此大兕。以御宾客，且以酌醴"都有提到 。

饲养家猪，能解决温饱，"执豕于牢，酌之用匏。食之饮之，君之宗之"，喝酒、吃肉，酒足饭饱；还能作为礼物，"不狩不猎，胡瞻尔庭有县特兮""言私其豵，献豣于公"。

在古代，羊肉是奢侈品，猪肉则比较一般，但有心人依旧能够把一般的食材做成佳肴，比如苏东坡。在被贬黄州后，苏东坡一直过得比较拮据，通过不断的尝试，不但成功去掉了猪肉的腥臊味，还研制

出了"东坡肉"，并留下了著名的《猪肉颂》："净洗铛，少著水，柴头罨烟焰不起。待他自熟莫催他，火候足时他自美。黄州好猪肉，价贱如泥土。贵者不肯吃，贫者不解煮。早晨起来打两碗，饱得自家君莫管。"

关于猪还有一个传说：有个员外家财万贯，老来得子，孩子白白胖胖的，有相士称他是大富大贵之命。之后，这个孩子不学无术，贪图享乐，直到父母去世，家道中落，而他依旧好吃懒做，最后被活活饿死。来到阎王面前，他直言自己本是大富大贵之命，为何会饿死街头。最终，他被带到玉帝面前，人间灶神向玉帝禀告了他的所作所为，玉帝大怒，罚他做猪。结果，天官听成了让猪当生肖。猪的重要性不言而喻，如果缺了它，生活将变得没滋没味。

出处

驺 虞

彼茁者葭，壹发五豝，于嗟乎驺虞！
彼茁者蓬，壹发五豵，于嗟乎驺虞！

龟

　　龟乃长寿之物，承载着沉甸甸的中国历史，"甲骨文"就是以龟的腹甲和背甲为材料，才让曾经的历史流传至今。

　　龟在遭遇危险时，承蒙甲壳的保护，头、尾及四肢都可以躲进去，如此坚固的城堡，让它躲过许多次袭击与伤害。《宋史·志·兵》记载："战国时，大将之旗，以龟为饰，概取前列先知之义。中军以龟为号，其八队旗分别绘天、地、风、云、龙、虎、鸟、蛇。"中军帅府的旗帜以龟为图案，这就源于龟具有不死、长胜之意，只要龟旗不倒，战士们的信念就不会倒。在战士们所用的盾、盔及护甲上，都可以看到龟甲的形状，战衣则有黑色龟纹，生命攸关之事都与之相连，可见对它有多么崇拜。

　　两亿多年来，乌龟躲过了天灾人祸，存活至今。晋朝郭璞的《尔雅图赞·龟》曰："天生神物，十朋之龟"，《十三经注疏》载："麟、凤、龙、龟谓之四灵"。麒麟、凤凰和龙都是我们熟知的神物，龟也是如此，张衡在《灵宪》说："苍龙连蜷于左，白虎猛据于右，朱雀奋翼于前，灵龟圈首于后"，刘向在《说苑》中说："知存亡吉凶之变""灵龟五色，色似玉。背阴向阳，上隆象天，下平法地，转运应四时。蛇头龙胆，左精象日，右精象月，知存亡吉凶之变"。当生命的长度被拉长，其存在的广度也随之有了变化，风云变幻，看在眼里，也不过是寻常之事。

龟的寿命之长，名副其实，《述异记》载："龟一千年生毛，寿五千岁谓之神龟，寿一万年曰灵龟"；《抱朴子·论仙》载："谓生必死，而龟鹤长寿焉。知龟鹤之遐寿，故效其导引以增年"。除了长寿，龟也多与吉凶联系在一起，《洛书》曰："灵龟者黝文五色神灵之精也，能见存亡明于吉凶"；《洪范·五行》曰："龟之言久也，千岁而灵，此禽兽而知吉凶者也"；《淮南子》记载："必问吉凶于龟者，以其历久岁矣"，正是因为历经沧桑变化，所以吉凶了然于胸。

作为灵物，自然少不了与之相关的神话故事，女娲补天神话中"断龟足以立四极"；大禹治水故事中"元龟负青泥于后"，可以说，古人对龟顶礼膜拜。殷商时期，青铜器上刻着龟的图案，而古代的货币被称为龟币，地位如何不言自明。

《本草纲目》载："介虫三百六十，而神龟为之长。""龟、鹿皆灵而有寿。龟首常藏向腹，能通任脉，故取其甲以补心、补肾、补血，皆以养阴也。"

玳瑁不能食用，但除此之外，可作药用，有清热解毒之功效。《小雅·六月》载："饮御诸友，炰鳖脍鲤。候谁在矣？张仲孝友"；《大雅·韩奕》也载有："其肴为何？龟鳖鲜鱼；其籔维何？维笋及蒲。"

乌龟性情温和，但无论是雷电风雨，还是饥饿严寒，都不足以对它造成伤害。在闽南和台湾地区，老人到了六十岁生日的时候，要做一次龟寿，此后每过十年或是十二年再做一次，取"与龟同寿"之意。

人们喜爱乌龟，不仅是因为它代表长寿，更是因为它还有财富的寓意。《史记·龟策列传》记载："能得名龟者，财物归之，家必大富至千万。一曰北斗龟，二曰南辰龟，三曰五星龟，四曰八凤龟，五曰二十八宿龟，六曰日月龟，七曰九洲龟，八曰王龟。"

小雅·小旻

旻天疾威，敷于下土。谋犹回遹，何日斯沮？谋臧不从，不臧覆用。我视谋犹，亦孔之邛。

潝潝訿訿，亦孔之哀。谋之其臧，则具是违。谋之不臧，则具是依。我视谋犹，伊于胡厎。

我龟既厌，不我告犹。谋夫孔多，是用不集。发言盈庭，谁敢执其咎？如匪行迈谋，是用不得于道。

哀哉为犹，匪先民是程，匪大犹是经。维迩言是听，维迩言是争。如彼筑室于道谋，是用不溃于成。

国虽靡止，或圣或否。民虽靡膴，或哲或谋，或肃或艾。如彼泉流，无沦胥以败。

不敢暴虎，不敢冯河。人知其一，莫知其他。战战兢兢，如临深渊，如履薄冰。

虎

　　对中国人来说，最著名的老虎必然有被武松狠揍的那一只"吊睛白额大虫"，但那毕竟只是故事，虎虎生威几百斤重的老虎可不是普通人轻松就能打趴下的。

　　在"仰韶文化"时代，老虎象征着力量与威猛，备受崇拜。因此，在用来调兵遣将的兵符上，刻有老虎的图案，兵符也被称为虎符。中国古代道教的守护神是白虎神，《礼记·曲礼上》有"前朱雀，后玄武，左青龙，右白虎"的说法。

　　唐代诗人储光羲的《猛虎词》，对虎大加称赞："寒亦不忧雪，饥亦不食人。人肉岂不甘，所恶伤明神。太室为我宅，孟门为我邻。百兽为我膳，五龙为我宾。蒙马一何威，浮江一以仁。彩章耀朝日，爪牙雄武臣。高云逐气浮，厚地随声震。君能贾馀勇，日夕长相亲。"

　　老虎是百兽之王，狮子是森林之王，为什么十二生肖中有老虎却没有狮子呢？

虎

相传，狮子原本是生肖，而老虎不是，但因为狮子臭名远扬，所以玉皇大帝有意找其他动物代替狮子，便有意开始考验身为殿前卫士的老虎。在成为殿前卫士之前，老虎在森林中不断努力习得各种本领，最终无人能敌，树立起赫赫威名。玉皇大帝得知此事后，召老虎来到天宫与天宫卫士一较高下，老虎毫无悬念地胜出后，成为殿前卫士。

老虎不在森林后，以狮子、熊和马为首的团伙开始胡作非为，玉帝又派老虎前去平定祸乱，一番较量之下，狮子、熊和马一一败下阵来，玉帝为表嘉奖，便在老虎的额头上刻下三条横线。后来，东海龟怪协同虾兵蟹将作乱，老虎又顺利平定，玉帝便在其额头上又刻了一竖，并让老虎取代了狮子生肖的位置，排行第三，称为寅。

清代文人舒位的《黔苗竹枝词·红苗》一诗写道："织就班丝不赠人，调来铜鼓赛山神，两情脉脉浑无语，今夜空房是避寅。"民间有避寅的习俗，即在五月寅日若夫妻同房而眠，老虎就会伤害他们。

《周南·兔罝》云："肃肃兔罝，椓之丁丁。赳赳武夫，公侯干城。肃肃兔罝，施于中逵。赳赳武夫，公侯好仇。肃肃兔罝，施于中林。赳赳武夫，公侯腹心。"

闻一多先生在《诗经通义》中，推断《兔罝》的"兔"是老虎，他认为："《释文》本作菟。案古本《毛诗》疑当作菟。菟即於菟，谓虎也。《左传·宣四年》曰'楚人……谓虎於菟'……然则楚谓虎为菟，乃方言之混同，非名物之借用益明。呼虎为菟，既为荆楚之方音，而二南之地，适当楚境，则《兔罝》之诗，字作菟（兔）而义实为虎，非不可能矣。"

在《孔丛子·连丛篇》之《谏格虎赋》中，描述了古人用"罝"来捕虎，"于是分幕将士，营遮榛丛，戴星入野，列火求踪。见虎自来，乃往寻从，张罝网，罗刃锋，驱槛车，听鼓钟。猛虎颠遽，奔走西东，怖骇内怀，迷冒怔忪，耳目丧精，值网而冲，局然自缚，或只或双。车徒抃赞，咸称曰工。乃缚以丝组，斩其爪牙，支轮登较，高载归家"。

《兔罝》所描写的场景是为捕虎预先设置"兔罝"，而不是为了捕兔子。至于当时到底是什么样的情景，确实不好判断。

《山海经》记载："馀峨山有兽焉，其状如菟而鸟喙，鸱目蛇尾，见人则眠。""菟"指的就是老虎。《诗经·大雅》中说："楚人谓乳谷，谓虎於菟。"讲的是一个楚国大夫，自幼被遗弃，幸得被老虎养大成人，人们叫他乳谷，叫老虎为於菟。

如今，老虎是受国家保护的动物，普通人想要领略老虎的威严，也只能去动物园一探究竟了。但可以肯定的是，生活在古时的老虎，一定比现在拥有更多自由。

出处

简 兮

简兮简兮，方将万舞。日之方中，在前上处。

硕人俣俣，公庭万舞。有力如虎，执辔如组。

左手执龠（yuè），右手秉翟。赫如渥赭，公言锡爵。

山有榛，隰有苓。云谁之思？西方美人。彼美人兮，西方之人兮。

豹

　　豹，一般指花豹，是猫科、豹属的大型肉食性动物；从体形来看，与老虎相似，但要小于老虎；因为身上类似古代铜钱的斑点，所以得名"金钱豹"。它有发达的肌肉和强劲有力的爪子。

　　花豹拥有极为敏锐的嗅觉和视觉，而且弹跳力惊人，纵身向上一跃可达6米高，向前一跃则可有12米远，可以轻松上树，所以猴子或是鸟类也是它的盘中餐。捕猎时，要么藏在树上，要么偷袭，成功率还是很高的。当饱餐一顿后，就会将剩下的美味拖到树上，避免被其他捕食者偷吃，等之后找不到新鲜的食物时，再回来吃掉填饱肚子。

　　它喜欢独居，一般来说，白天休息，晚上活动。花豹的吼叫声可以传到2公里以外，当它发出类似咳嗽声时，就是在威胁对方，而呼噜声则正好相反，是一种示好的姿态。

　　花豹也不完全都是带有花纹的，比如在热带雨林中，为了适应阴暗的环境，则会出现通体为黑色的黑豹。花豹的适应力超强，不论是山地森林、丘陵灌丛还是荒漠草原，不管是海拔100米还是海拔3000

米，它都能活得好好的。比如纳米比亚和博茨瓦纳南部非洲的沙漠和半沙漠地区、伊朗和西南亚崎岖的山区或是南部非洲的大草原，甚至在海拔5200米的喜马拉雅山的山区中，依旧有它们的踪迹。

同其他猫科动物一样，花豹也非常喜欢四处游荡和探险，而且具有较强的领地意识，时不时就要巡视一番。花豹标记领地的方式多种多样，第一种，在灌丛、树干、石头上喷射尿液；第二种，用爪子在树干上划出痕迹；第三种，用爪子在地面上弄出刨痕；第四种，则是用粪便做记号，这与第一种方式相似。

许多人分不清花豹和猎豹，从外形来看，花豹比猎豹看起来更为强壮；从面部特征来看，猎豹有明显的"泪纹"，花豹则没有；从身上的斑纹来看，花豹的斑纹是空心的，猎豹的则是实心的。此外，关于爬树这个技能，花豹要比猎豹强很多，所以花豹喜欢睡在树上，而猎豹则喜欢睡在草地上，而且猎豹没有花豹力气大。

为了确保幼崽的安全，花豹与猎豹的应对之法也不一样。花豹会在隐秘的洞穴中生下幼崽，然后等它稍大一些，就将它带到树上。猎豹则会选择地势较高的地方作为安身之所，如此一来，就更容易察觉到危险，但凡有敌人出现，就能第一时间做出反应。所以，比起在树上的小花豹，在平地上的小猎豹则更危险。猎豹会选择群居，只不过有个前提是彼此平等，没有高下之分。花豹则更喜欢独居，在各自的领地上彼此独立。

当人类的行动轨迹日渐侵入森林时，花豹的栖息地则逐渐减少，猎物也随之减少。住的地方没了，吃的东西没了，花豹的数量锐减也就不奇怪了。

唐朝诗人孟郊有一首《猛将吟》，诗云："虎队手驱出，豹篇心卷藏。古今皆有言，猛将出北方。"在古代兵书《六韬》中，有《豹韬》篇，所以诗中所云"豹篇"指的就是兵书。而梁山一百零八将之一的林冲有"豹子头"的绰号，这是因为他原是禁军教头，手下都是勇猛之士，作为首领，也就称他为"豹子头"。

但愿对花豹的保护越来越到位，不要让与它有关的事情都变成故事。

郑风·羔裘

羔裘如濡，洵直且侯。彼其之子，舍命不渝。

羔裘豹饰，孔武有力。彼其之子，邦之司直。

羔裘晏兮，三英粲兮。彼其之子，邦之彦兮。

豺

对"豺狼虎豹"这个词，大家都不陌生，但豺这种动物却很神秘，比如狼、虎和豹，在动物园是很常见的，但豺却少之又少，即便见到了它，许多人也会将它误认为狐狸。

豺与狼、狗同属犬科，但也同狐狸一样，有红棕色的背毛、较短的吻部、短短的耳朵。从个头来看，豺比狼小，比狐狸大。

豺是群居食肉动物，虽说领地意识不强，但极为团结，遇到大型动物，甚至能够无须组织，就有协作的意识。豺喜欢栖息于僻静的山林中，但现实中这种环境却很难实现。随着人们对自然的开发，豺的栖息地也在不断减少。豺极为谨慎，而且有着极为灵敏的嗅觉和听觉，如果嗅到陌生的气味，察觉到陌生的声响，就会迅速离开。

在豺、狼、虎、豹这四种动物中，豺虽说体形不大，甚至排名垫底，但它却是最凶残的。

在捕杀猎物时，老虎和豹子会直接锁喉，一招毙命，猎物的痛苦瞬间消失；狼的话，属于消耗战，先是不停地追逐，当猎物精疲力竭不得不停下的时候，狼才会上前撕咬；豺的捕杀过程则多了些许残忍，它们团队作战，分工明确，几只豺围着猎物，有的抓眼睛，有的咬住脖子，有的咬住腿，过程可谓十分残忍。

常说猫科动物有着超强的灵活性，但作为犬科动物的豺，其灵活性也是很强的，单说弹跳力，原地向上跳3米是没问题的，而其他犬科动物是做不到的。

豺的咬合力也是不容小觑的，甚至在所有食肉动物之中，它也是数一数二的，加上团队作战，猎物遇到豺真的是在劫难逃。

红棕色的毛色是豺的一大特征，所以即便在不同的地方，有不同的名字，但其名字也是比较相似的，比如红毛狗、红狗等。但称其"红狼"是错误的，因为红狼是另外一个物种。我国的豺分为中国豺、西亚豺、东亚豺、四川豺以及克什米尔豺，其实总体来看，差异并不大。

豺主要分布在亚洲地区，可惜数量极少，大概算下来，世界各地总共不超过5000只，已经成为濒危动物。在20世纪七八十年代以前，豺还不算神秘，时常出没于山间小路上，尤其是江西偏西北一带，农户不堪其扰，家畜被豺袭击，造成了不小的损失。当人们开始使用毒药、炸弹等捕杀手段后，豺的数量急剧减少。同时，豺群内多出现近亲繁殖现象，所以种群衰退也是在所难免的。

每一种动物都有在这片土地上生存下去的权利，未来这片家园还需要我们共同去守护。

出处

巷 伯

萋兮斐兮，成是贝锦。彼谮人者，亦已大甚！

哆兮侈兮，成是南箕。彼谮人者，谁适与谋。

缉缉翩翩，谋欲谮人。慎尔言也，谓尔不信。

捷捷幡幡，谋欲谮言。岂不尔受？既其女迁。

骄人好好，劳人草草。苍天苍天，视彼骄人，矜此劳人。

彼谮人者，谁适与谋？取彼谮人，投畀豺虎。

豺虎不食，投畀有北。有北不受，投畀有昊！

杨园之道，猗于亩丘。寺人孟子，作为此诗。凡百君子，敬而听之。

虫 卷

霜草苍苍虫切切

　　小小一只昆虫，藏着大学问。单拎出来哪一只小虫，都有说不完的故事。那时的人们，与各种小虫朝夕相处。可惜如今，即便虫在眼前，人们都少有工夫去搭理。

螽（zhōng）斯

　　《周南·螽斯》，是华夏先民在婚礼上对新人的祝福。当时，天灾人祸接连不断，生存受到极其严峻的威胁，所以各部落对繁衍生息有着强烈的渴望。螽斯拥有极强的繁殖力，所以小小的昆虫成了一种人们企盼子孙的象征。"螽斯衍庆"也就成为喜贺子孙满堂祝福之语。

　　商周时期，"螽斯"是蝈蝈和蝗虫的统称，宋朝人则将蝈蝈与纺织娘视为一物，直到明朝以声为之命名，有了"聒聒"一名，也就是蝈蝈。在鸣虫中，蝈蝈的体形较大，体长可达到40毫米左右，通身草绿色，覆翅膜质。

　　螽斯分雌雄，雄虫的前翅具有发音器，翅会振动发声，雌虫没有，发不出声响，但有听器，能接收声音。如此一来，螽斯自然可以成双成对，绝不孤单。蝈蝈是天生的伪装高手，它们会伪装成叶子、树皮或是青苔，即便是白天，也很难发现它们。只有到了晚上，在灯光的引诱下，它们才会现身。

　　自大禹起，开始崇拜蝈蝈，大禹之名就是以禹虫命名的。古文中"禹"即"虫"，《玉篇（虫部）》中讲："禹，虫也。"《尔雅·释虫》曰："国貉，虫虫。"沿袭古风，中国人对蝈蝈多了份喜爱。明太监若愚在《宫中记》提到说，皇宫内有两道门分别名为"百代""千婴"，这些都是蝈蝈的别名。

清代许多皇帝都对蝈蝈都有特别的感情。乾隆游西山时，听到阵阵蝈鸣，即兴赋诗曰："……雅似长安铜雀噪，一般农候报西风……"著名画家齐白石笔下的螽斯，形神俱佳，活灵活现。在螽斯一旁，配上瓜果、花草，画中的小虫似乎有了生命力，栩栩如生。

在北方，玩虫自有一套学问。就鸣虫而言，声音是最关键的评判标准，比如声音嘹亮又纯净，称为"亮叫"，超出一般水平的称为"大亮叫"，这是一般玩家接触比较多的类型。高端玩家除了讲究蝈蝈声音的嘹亮纯净，还会在乎其是否有杂音，是否有节奏，符合条件的这类被称为"憨儿"。在这之上，还有声音更优质的被称为"亮憨儿"及"牛憨儿"的，最稀有的是"蛤蟆憨儿"，其音浑厚低沉，且抑扬顿挫，是极品中的极品。

螽斯，带着古人对今人的"祝福"，从古时走到今时……

出处

螽 斯

螽斯羽，诜诜兮。宜尔子孙，振振兮。

螽斯羽，薨（hōng）薨兮。宜尔子孙，绳绳兮。

螽斯羽，揖揖兮。宜尔子孙，蛰蛰兮。

蜉　蝣

　　蜉蝣，是一种渺小的昆虫，渺小到苏轼曾感叹道："寄蜉蝣于天地，渺沧海之一粟，哀吾生之须臾，羡长江之无穷"。人们多以为它朝生暮死，实则不然。

　　在遥远的石炭纪，蜉蝣就已经出现了。作为最原始的有翅昆虫，其已知的种类多达2000余种，主要生活在热带和温带地区。蜉蝣的一生，要经历卵、稚虫、亚成虫和成虫四个阶段。稚虫时，会附着在水中的物体之上，比如石头，并以水里的植物及生物碎屑为生。用1～3年的时间来成长蜕变，在10～50次的蜕皮之后，终于能够离开水中，成长为亚成虫，拥有了飞行翅芽，脚、尾须和体内的器官还有待进一步发育。从亚成虫到成虫间隔短暂，翅膀变得透明，性器官也完全成熟，这也意味着蜉蝣的生命接近倒数，短则数小时，长也不过数天。

　　蜉蝣会在成为成虫后，在白天躲在某处养精蓄锐，黄昏时分，则立刻寻找伴侣，并在空中完成交尾。由于嘴部退化，所以蜉蝣可以做到不饮不食，轻盈而曼妙。对蜉蝣而言，在空中起舞，雄性蜉蝣停止即结束，完成了生命古老的仪式；雌性蜉蝣则在交尾后，飞到池塘边，反复点水，目的是将受精卵产在水中。至此，雌性蜉蝣的生命也接近尾声。

千万年来，死亡与新生，结束与延续，终点与起点，无缝衔接。

魏晋诗人阮籍的《咏怀诗》之七十一云："木槿荣丘墓。煌煌有光色。白日颓林中。翩翩零路侧。蟋蟀吟户牖。蟪蛄鸣荆棘。蜉蝣玩三朝。采采修羽翼。衣裳为谁施。俛仰自收拭。生命几何时。慷慨各努力。"在他笔下，木槿花、蟋蟀、蟪蛄、蜉蝣，生命短暂，却仍慷慨努力。

《蜉蝣》歌曰："蜉蝣之羽，衣裳楚楚。心之忧矣，於我归处"，人生短暂，却不知归宿在何处。比起宇宙洪荒，人生不过弹指一瞬，可即便短如蜉蝣，仍有生的痛快和惬意。

出处

蜉　蝣

蜉蝣之羽，衣裳楚楚。心之忧矣，於我归处。
蜉蝣之翼，采采衣服。心之忧矣，於我归息。
蜉蝣掘阅，麻衣如雪。心之忧矣，於我归说。

苍　蝇

苍蝇，它的出现就容易让人心生厌恶，现代人对它实在没有什么好感，古人也是如此。

"营营青蝇，止于樊。岂弟君子，无信谗言"，青蝇即苍蝇，用它比喻谗言的小人，可见古人对苍蝇也是不太喜欢的。同样是飞来飞去的蜜蜂，人们就认为它勤劳，而飞来飞去的苍蝇则是钻营小人的形象。

鲁迅写过一篇名为《苍蝇》的散文，描写了儿时关于苍蝇的玩法，不由得让人想到清代文学家沈复在散文《童趣》中所提到的"能张目对日，明察秋毫，见藐小之物必细察其纹理，故时有物外之趣"。

鲁迅坦言："苍蝇不是一件很可爱的东西，但我们在做小孩子的时候都有点喜欢他。"趁着大人们午睡，他就会和小伙伴们在院子里捉苍蝇，有很小一只的饭苍蝇，有脏兮兮的麻苍蝇，还有金苍蝇，即青蝇，鲁迅还解释了一番，"小儿谜中所谓'头戴红缨帽，身穿紫罗袍'者"。在他看来，苍蝇最可恶的地方是因为它"喜欢在人家的颜面手脚上乱爬乱舔"，古人美其名曰"吸美"，但即便如此，被苍蝇围着实在不算愉快。

蒼蠅

在鲁迅看来，"营营青蝇，止于樊。岂弟君子，无信谗言"或是"非鸡则鸣，苍蝇之声"，"中国古来对于苍蝇也似乎没有什么反感"，但"即使不是特殊良善，总之绝不比别的昆虫更为卑恶"。确实，比起人人喊打的老鼠，苍蝇的处境还是好多了。

充满童趣的《苍蝇》写于1924年，一年之后，鲁迅又写了一篇名为《战士和苍蝇》的杂文，怒气冲冲，直呼："有缺点的战士终竟是战士，完美的苍蝇也终究不过是苍蝇。去罢，苍蝇们！虽然生着翅子，还能营营，总不会超过战士的。你们这些虫豸们！"除了愤怒，还是愤怒。

中国的苍蝇不受人待见，外国的苍蝇也是如此。

希腊有一个传说，苍蝇是一个名为默亚的美丽女子，钟情于月神的情人恩迭米盎。平日里沉默寡言的她，在恩迭米盎睡着时，就会不停地同他讲话或是唱歌给他听，让他不胜其扰。月神一怒之下，就把她变成了苍蝇。

日本江户时期著名俳句诗人小林一茶，在他的俳句选集中，咏蝇的诗有二十首之多，如"笠上的苍蝇，比我更早地飞进去了"，又如"不要打哪，苍蝇搓他的手，搓他的脚呢"。在他的笔下，似乎不受苍蝇固有印象的影响，而是跳脱出来，以平常之心观察它、理解它。

出处

鸡 鸣

鸡既鸣矣，朝既盈矣。匪鸡则鸣，苍蝇之声。

东方明矣，朝既昌矣。匪东方则明，月出之光。

虫飞薨薨，甘与子同梦。会且归矣，无庶予子憎。

青 蝇

营营青蝇，止于樊。岂弟君子，无信谗言。

营营青蝇，止于棘。谗人罔极，交乱四国。

营营青蝇，止于榛。谗人罔极，构我二人。

伊 威

生命面前，情感相通，哪怕是一只小小的潮虫，也有"万物皆备于我"的主观意识。"伊威在室，蟏蛸在户"，伊威就是潮虫。

《搜神记》中有一个有趣的故事："豫章有一家，婢在灶下，忽有人长数寸，来灶间壁，婢误以履践之，杀一人。须臾，遂有数百人，着衰麻服，持棺迎丧，凶仪皆备，出东门，入园中覆船下。就视之，皆是鼠妇。婢作汤灌杀，遂绝。"

"鼠妇"即潮虫，在《搜神记》的视角中，变成"长数寸"的小人，言行举止皆与人类一样。之所以叫其"鼠妇"，是因为同样喜欢阴暗潮湿的老鼠，身上总会有潮虫，所以称为"鼠负"，加上伊威与老鼠如影随形，所以又叫"鼠妇"。

有一篇名为《丑妇赋》的古文，与其他光彩照人的女性形象不同，描写的是如假包换的丑妇，"朱唇如踏血，画眉如鼠负"，不用多说，是真的丑陋。后来，"鼠妇"不仅形容样貌丑陋，也指代德行有失。

潮虫除了伊威、鼠妇这两个名字，还可以叫作委黍、湿生虫、地鸡、地虱、负蟠等，生长在阴暗潮湿的地方。郭璞解释其为"瓮器底虫"，也是与水、潮湿脱不了关系，又说"此淫生虫"，于是潮虫又有了"淫虫"之意。先解释一下，《说文解字》中的"淫"字，有潮湿之意，也有放纵沉溺之意，所以潮虫与"淫虫"画上了等号。

"负蟠"这个名字也颇有来历。蟠即盘龙，"蟠龙，身长四丈，赤黑色，赤带如锦文。常随水而下入于海。有毒，伤人即死"，品性恶毒。潮虫又是如何与盘龙扯上关系的呢？在古人看来，"龙乃鳞虫之长，能幽能明"，潮虫性喜阴暗潮湿，所以以此为名。

成群结队的潮虫，密密麻麻的蜘蛛网，完全是破败不堪的“标配”。不管是“暮堂蝙蝠沸，破灶伊威盈”，还是“长年旅舍破氊冷，坐厌蟋蟀愁伊威”，有伊威在，这个家就不像个家。

出处

东　山

我徂东山，慆慆不归。我来自东，零雨其濛。我东曰归，我心西悲。制彼裳衣，勿士行枚。蜎蜎者蠋，烝在桑野。敦彼独宿，亦在车下。

我徂东山，慆慆不归。我来自东，零雨其濛。果臝之实，亦施于宇。伊威在室，蠨（xiāo）蛸（shāo）在户。町畽鹿场，熠燿宵行。不可畏也，伊可怀也。

我徂东山，慆慆不归。我来自东，零雨其濛。鹳鸣于垤，妇叹于室。洒扫穹窒，我征聿至。有敦瓜苦，烝在栗薪。自我不见，于今三年。

我徂东山，慆慆不归。我来自东，零雨其濛。仓庚于飞，熠燿其羽。之子于归，皇驳其马。亲结其缡，九十其仪。其新孔嘉，其旧如之何？

蚕

《诗经》中，频繁提到桑蚕，可见桑蚕之重要。

《山海经·海外北经》记载曰："欧丝之野在大踵东，一女子跪据树欧丝。三桑无枝，在欧丝东。其木长白仞，无枝。范林方三百里，在三桑东。州环其下。"女子与蚕桑之事，第一次出现在记载中。

"氓之蚩蚩，抱布贸丝"，可见蚕丝已经可以作为交换的筹码。在当时，蚕丝的生产规模就已大，且生产水平也高，能染出黄、玄、红、缁等颜色，并产出贝锦（贝纹的锦）和绉纱（带皱纹的纱）。

早在殷代，就有祭祀蚕神的活动，名为蚕祀礼，这是一个复杂的过程，而非一个简单的仪式。从收集蚕茧，缫丝，染色，织成祭服，到最后郑重其事地进行仪式，每一个环节都有许多讲究。朱熹在《诗集传》中写道："蘩，所以生蚕，盖古者后夫人有亲蚕之礼。"祭祀活动一般由男子主持，但蚕祀礼由统治阶级的贵族女子主持，实属少见。

在《礼记》中，对蚕祀礼有相关记载："是月也（季春之月），命野虞毋伐桑柘。鸣鸠拂其羽，戴胜降于桑。具曲植籧（qú）筐。后妃齐戒，亲东乡躬桑。禁妇女毋观，省妇使以劝蚕事。"

3月是养蚕的时间，禁止百姓砍伐桑树，并开始为养蚕做准备，而后妃会亲自参与采桑。

选蚕种的人也是需要通过占卜进行筛选的，"及大昕之朝……卜三宫之夫人世妇之吉者，使入蚕于蚕室，奉种浴于川；桑于公桑，风戾以食之"，可以说，古人对蚕祀礼极为重视。

"岁既单矣：世妇卒蚕，奉茧以示于君，遂献茧于夫人"，这是到了献茧的环节。《礼记·玉藻》记载："王后袆衣，夫人揄狄，君命屈狄。再命袆衣，一命禮（tǎn）衣，士褖衣。唯世妇命于奠茧，其他则皆从男子。"献茧之时，穿戴装饰都有严格的等级要求。

有了蚕茧之后，开始分茧抽丝，"蚕事既登，分茧称丝效功"。缫丝也有要求，"及良日，妇人缫，三盆手，遂布于三宫夫人世妇之吉者使缫"，由最尊贵的妇人带头缫丝。

随后染色时，"遂朱绿之，玄黄之，以为黼黻文章"。"是月也，命妇官染采，黼黻文章，必以法故，无或差贷。黑黄仓赤，莫不质良，无敢诈伪，以给郊庙祭祀之服，以为旗章，以别贵贱等级之度。"

不要小看染色这个环节，"子墨子言见染丝者而叹，曰：'染于苍则苍，染于黄则黄，所入者变，其色亦变。五入必，而已则为五色矣。故染不可不慎也！'"

至于为何要亲力亲为，《礼记·祭统》解释说："王后蚕于北郊，以共纯服。……夫人蚕于北郊，以共冕服……王后夫人非莫蚕也，身致其诚信，诚信之谓尽，尽之谓敬，敬尽然后可以事神明，此祭之道也。"事必躬亲，才能体现虔诚之心。

国风·召南·采蘩

于以采蘩？于沼于沚。于以用之？公侯之事。

于以采蘩？于涧之中。于以用之？公侯之宫。

被之僮僮，夙夜在公。被之祁祁，薄言还归。

蟋 蟀

蟋蟀又叫蛐蛐，还有促织、秋虫、将军虫、斗鸡、趋织、地喇叭、灶鸡子、孙旺、土蜇等名字。在生出双翅前，它有一个独特的名字，叫和尚。西晋崔豹在《古今注》中曰："促织，一名梭机、莎鸡，一名络纬。"

蟋蟀至少已有1.4亿年的历史，绝对算得上是一种古老的昆虫。

宋代《尔雅翼》记载："蟋蟀生于野中，好吟于土石砖甓下，斗则矜鸣，其声如织，故幽州谓之促织也。"当然也有"催促人们纺织"的说法，不管怎么说，都是蟋蟀。

陆玑在《毛诗草木鸟兽虫鱼疏》中如此描写蟋蟀："似蝗而小，正黑有光泽，一名蛬，一名蜻蛚，楚人谓之王孙，幽人谓之趋织"，"幽人"即农民。

西汉时期的《王褒传》中记载："蟋蟀秋吟"，是说秋天是蟋蟀活跃的季节，叫声响亮。蟋蟀之所以能够发出清脆响亮的声音，是翅膀发挥了作用。在其翅膀上，有刮片、摩擦脉和发音镜，但只有雄性蟋蟀会叫，雌性蟋蟀是不会叫的。

不同于其他虫子，蟋蟀是人们的玩伴。蟋蟀独居好斗，十分孤僻，雄性蟋蟀一旦接触，就会打架，正所谓"一山不容二虎"，所以斗蛐蛐就成了一种乐趣。

斗蛐蛐始于唐朝，达官贵族、市井小民，都热衷于此，逐渐衍生出许多学问。明朝的第五代皇帝明宣宗朱瞻基，精于斗蛐蛐，有"蟋蟀天子""蛐蛐皇帝"之称。

南宋时期，蟋蟀成为一种流行时尚，家家户户都养蟋蟀。西湖老人在《繁盛录》中道："促织盛出，都民好养""每日早晨，多于官巷南北作市，常有三五十人火斗者"，蟋蟀走进各个阶层，成为"举国之风"。

宰相贾似道，就是蟋蟀的狂热追捧者，世人称"朝中无宰相，湖上有平章"，说的就是他不在朝堂之上议论国事，反而在自家的庄园中玩蟋蟀。贾似道对蟋蟀的热爱绝非三分钟热度，甚至写就了世界上第一部研究蟋蟀的专著——《促织经》，共二卷，从论赋、论形、论色、决胜、论养、论斗、论病等，详细论述了蟋蟀的各个方面。关于如何挑选好的蟋蟀，他的办法是"择去头大、腿脚圆长、身子阔厚、生相方幅"；此外，还以"八格"即头、牙、脸、项、翅、腿、肉、须，十二相即形、声、头、眼、牙、须、项、翅、身、尾、小足、大腿，来进行挑选。

明清时期，社会安稳下来，老百姓安居乐业的同时，也迷上了斗蟋蟀。尤其是天子脚下，在北京城闻其声、观其斗，成为一种独有的文化。

蟋蟀给人们带来了乐趣，也带来了思考。杜甫诗云："促织甚微细，哀音何动人。草根吟不稳，床下夜相亲。久客得无泪，放妻难及晨。悲丝与急管，感激异天真"；罗隐诗云："危条槁飞，抽恨咿咿。别帐缸冷，柔魂不定"，都从一只小小的蟋蟀身上，细品人生况味。

国风·唐风·蟋蟀

　　蟋蟀在堂，岁聿其莫。今我不乐，日月其除。无已大康，职思其居。好乐无荒，良士瞿瞿。

　　蟋蟀在堂，岁聿其逝。今我不乐，日月其迈。无已大康，职思其外。好乐无荒，良士蹶蹶。

　　蟋蟀在堂，役车其休。今我不乐，日月其慆。无以大康。职思其忧。好乐无荒，良士休休。

蜩（tiáo）蟷（táng）

蝉又称蝶、蜩、蟷、螂蜩、蟷蜩、蜻蜻、茅蜩、蜖等，可谓别称繁多。

蝉，也就是我们常说的知了，当它还是只幼虫时，生活在土里，直到成虫时，会在树枝上栖息，依靠树木的汁液生存。它从幼虫变为成虫，还会经历一个蜕去蝉壳的过程，这也是"蝉联"一词的由来。

蝉蜕，又叫蝉衣，是难得的药材，而知了在民间又可以作为一道美食。小时候的夏天，装了许多关于知了的回忆，小伙伴三五成群去抓知了，回家央求父母炸了吃，爱吃的人极爱，不爱吃的人则也是反感到极致。

纵观蝉的一生，也是极其短暂的，夏日生，秋日死，不知春与冬，所以有"蝉不知雪"一说。夏末之时，就意味着蝉的生命开始倒数，正如"高天澄远色，秋气入蝉声"之句；庄子在《逍遥游》中也提到"朝菌不知晦朔，蟪蛄不知春秋"，在蝉鸣中，秋天与死亡都悄然而至。

　　陶渊明在《己酉岁九月九日》写道："哀蝉无留响，丛雁鸣云霄"，西晋的陆机在《拟明月何皎皎》中写道："凉风绕曲房，寒蝉鸣高柳"，一个"哀"字，一个"寒"字，奠定了悲伤的基调。

　　声声蝉鸣，"蝉噪林逾静，鸟鸣山更幽"，让山林更显幽静；"亦如早蝉声，先入闲人耳。一闻愁意结，再听乡心起"，让愁绪更盛；"寒蝉凄切，对长亭晚"，让氛围更凄清。

　　在古人眼中，蝉是不食人间烟火的出世者，所以心志高洁之人多以蝉自比。傅玄在《蝉赋》里言："美兹蝉之纯洁兮，禀阴阳之微灵；含精粹之贞气兮，体自然之妙形"；曹植在《蝉赋》里文："实淡薄而寡欲兮，独怡乐而长吟"。

在古代，妇女有一种发型，名为蝉鬓，大致的样子就是将头发梳在两鬓，如蝉翼一般。达官显贵有一种帽子，叫蝉冠，后来逐渐开始指代高官。有一个"蝉怨齐王"的故事，讲的是齐王后因为怨恨齐王，死后变成蝉，整日在树上鸣叫，因此蝉又有齐女一名。

出处

荡

荡荡上帝，下民之辟。疾威上帝，其命多辟。天生烝民，其命匪谌。靡不有初，鲜克有终。

文王曰咨，咨女殷商。曾是彊御？曾是掊克？曾是在位？曾是在服？天降滔德，女兴是力。

文王曰咨，咨女殷商。而秉义类，彊御多怼。流言以对。寇攘式内。侯作侯祝，靡届靡究。

文王曰咨，咨女殷商。女炰烋于中国。敛怨以为德。不明尔德，时无背无侧。尔德不明，以无陪无卿。

文王曰咨，咨女殷商。天不湎尔以酒，不义从式。既愆尔止。靡明靡晦。式号式呼。俾昼作夜。

文王曰咨，咨女殷商。如蜩如螗，如沸如羹。小大近丧，人尚乎由行。内奰于中国，覃及鬼方。

　　文王曰咨，咨女殷商。匪上帝不时，殷不用旧。虽无老成人，尚有典刑。曾是莫听，大命以倾。

　　文王曰咨，咨女殷商。人亦有言：颠沛之揭，枝叶未有害，本实先拨。殷鉴不远，在夏后之世。

宵 行

宵行，《集传》中解释："宵行，虫名，如蚕，夜行，喉下有光"，就是我们熟悉的萤火虫。全世界约有2000多种，属于肉食性昆虫，最爱吃的是小型的蜗牛。

这带着闪光的小虫子，是童年时光的回响。萤火虫为什么可以发光？科学研究表明，萤火虫在呼吸时，体内特有的荧光素会发生氧化作用，从而产生能力释放光亮。

幼虫所发出的光，是为了震慑敌人，以求自保。求偶时，也会发光，那只闪光频率高、时间长的雄性萤火虫，就是最佳配偶。

在7月～9月的水边，或是潮湿腐败的草丛，就能看到闪着光亮的萤火虫。李时珍记载："俗名萤蛆，其名宵行，茅竹之根，夜视有光，复感湿热之气，遂变化成形尔"，他认为"腐草化萤"。

会飞的动物有不少，但带着亮光的确实少见，有人就将那亮光视为鬼魂所幻化的鬼火。流萤飞舞，有人觉得阴森，有人则觉得可爱，如杜牧的《秋夕》云："银烛秋光冷画屏，轻罗小扇扑流萤。天阶夜色凉如水，卧看牵牛织女星"。

历史上，有"囊萤夜读"的典故，在《晋书·车胤传》中记载："胤恭勤不倦，博学多通。家贫，不常得油。夏月，则练囊盛数十萤火以照书，以夜继日焉。"晋人车胤家境贫寒，但勤于读书，买不起灯油，就捉些萤火虫装进练囊，借此读书。最终，他成为东晋的尚书，也算没有愧对这份刻苦勤勉。"囊萤夜读"与"凿壁偷光"有些许类似，如今生活条件好了，24小时开灯读书都没有关系。

中国台湾的阿里山，每到4月至6月，是萤火虫的狂欢之季，那里有原始的自然生态，是观赏萤火虫的最佳地点。嘉义县的梅山乡瑞里村被称为"萤火虫故乡"，想看漫天飞舞的萤火虫，就可以去中国台湾走一趟。

出处

东 山

我徂东山，慆慆不归。我来自东，零雨其濛。我东曰归，我心西悲。制彼裳衣，勿士行枚。蜎蜎者蠋，烝在桑野。敦彼独宿，亦在车下。

我徂东山，慆慆不归。我来自东，零雨其濛。果臝之实，亦施于宇。伊威在室，蟏蛸在户。町畽鹿场，熠燿宵行。不可畏也？伊可怀也。

我徂东山，慆慆不归。我来自东，零雨其濛。鹳鸣于垤，妇叹于室。洒扫穹窒，我征聿至。有敦瓜苦，烝在栗薪。自我不见，于今三年。

我徂东山，慆慆不归。我来自东，零雨其濛。仓庚于飞，熠燿其羽。之子于归，皇驳其马。亲结其缡，九十其仪。其新孔嘉，其旧如之何？

蜾 蠃

　　蜾蠃是一种蜂类，又叫蠮螉、蒲卢，因为腰部很细，得名细腰蜂。平时无拘无束，没有固定的住所，只有当雌蜂产卵时，才会开始建巢。

　　有意思的是，蜾蠃原本是个"恶人"，但却被古人当成"善人"。《小雅·小苑》中"螟蛉有子，蜾蠃负之。教诲尔子，式榖似之"，说的就是诗人以蜾蠃自喻，心甘情愿地将兄弟的孩子看作自己的孩子，尽心尽力地抚养成人。实际上，它是为幼虫捕捉螟蛉等鳞翅目害虫的幼虫，本来是给自己孩子的食物，古人误以为是在收养幼虫。

　　螟蛉之子就来源于对蜾蠃的一种误解，人们以为它只有雄性，不得不将螟蛉衔回窝内抚养，所以人们将收养的义子称为螟蛉之子。

　　南北朝时医学家陶弘景，严重怀疑这个说法，所以决定亲自去验证。他在一窝蜾蠃前观察，后来在《本草经集注》中写道："今一种黑色细腰，衔泥于壁及器物边作房，生子如粟置于其中；乃捕草上青蜘蛛十余置其中，仍塞口，以俟其子大而为粮也。……言细腰之物无雌，皆取青虫教祝便变成己子，斯为谬矣。"他发现蜾蠃有雄有雌，而其将螟蛉衔回来之后，不是抚养而是刺个半死，随后又将卵产在螟蛉身上，为的就是给后代准备食物。

鲁迅先生在《春末闲谈》一文中，就提到了蜾蠃，他这样写道："当长夏无事，遣暑林荫，瞥见二虫一拉一拒的时候，便如睹慈母教女，满怀好意，而青虫的婉转抗拒，则活像一个不识好歹的毛丫头。"起初，他也并不知道实情，还误以为被捉的青虫不识好歹，但经过老前辈的开导，才晓得那细腰蜂就是果蠃，"纯雌无雄，必

须捉螟蛉去做继子的，她将小青虫封在窠里，自己在外面日日夜夜敲打着，祝道'像我像我'，经过若干日，——我记不清了，大约七七四十九日罢，——那青虫也就成了细腰蜂了"。

世上没有无缘无故的爱，蜾蠃的所作所为看似是爱，实则另有内情，爱的是自己的幼虫，而非捉来的小虫。

出处

小　宛

宛彼鸣鸠，翰飞戾天。我心忧伤，念昔先人。明发不寐，有怀二人。

人之齐圣，饮酒温克。彼昏不知，壹醉日富。各敬尔仪，天命不又。

中原有菽，庶民采之。螟蛉有子，蜾蠃负之。教诲尔子，式穀似之。

题彼脊令，载飞载鸣。我日斯迈，而月斯征。夙兴夜寐，毋忝尔所生。

交交桑扈，率场啄粟。哀我填寡，宜岸宜狱。握粟出卜，自何能穀？

温温恭人，如集于木。惴惴小心，如临于谷。战战兢兢，如履薄冰。

蟏（xiāo）蛸（shāo）

蟏蛸指的是一种蜘蛛，有细长的身体和长长的脚，与其他短命的昆虫不同，蜘蛛可存活8个月以上，最长可达30年，比如捕鸟蛛。

民间称其为"喜蛛"或"蟏子"，俗话说"早报喜夜报财"，意思就是早上看到蜘蛛会有喜事，晚上看到蜘蛛就会发财，所以人们看到它的时候，多的是喜悦的心情。《西京杂记》中就有记载："灯火华得钱财。干鹊噪而行人至。蜘蛛集而百事嘉小"；"火华则拜之。干鹊噪则喂之。蜘蛛集则放之"。陆玑的《毛诗草木鸟兽虫鱼疏》中也有关于"喜子"的内容："一名长脚，荆州河内人谓之喜母，此虫来著人衣，当有亲客至，有喜也"。

汉代时，在农历七月初七的"乞巧节"，蜘蛛则是应巧之物。在《开元天宝遗事》中有记载："七月七日，各捉蜘蛛于小盒中，至晓开；视蛛网稀密以为得巧之侯。密者言巧多，稀者言巧少。"南宋也有类似的说法，"以小蜘蛛贮合内，以候结网之疏密为得巧之多久"。

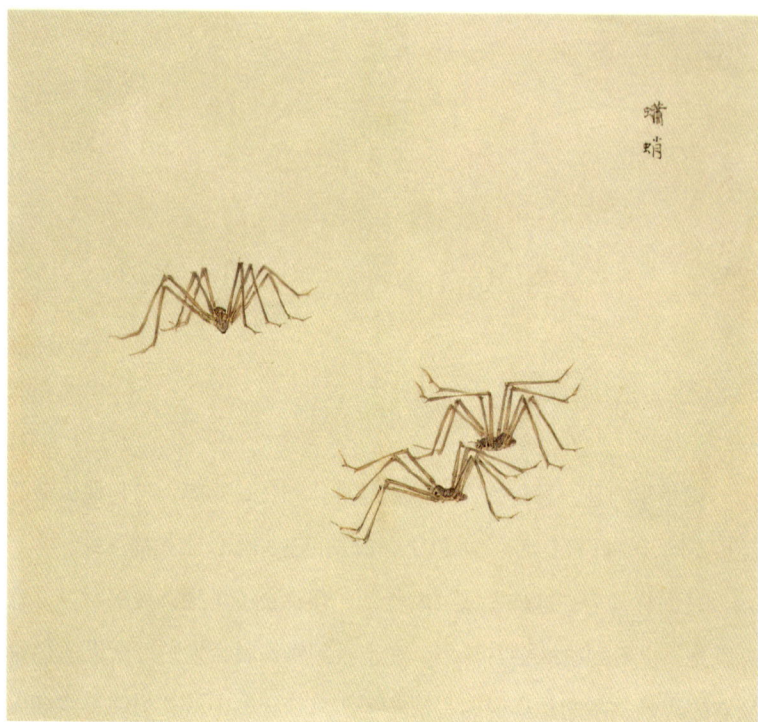

嘴蛸

在唐朝，蜘蛛也象征着吉兆，比如"喜从天降"就是"喜虫天降"。相传在唐睿宗时期，鸿胪寺丞张文成发现了一只从门梁上悬空垂下的蜘蛛，果然在数日后有好事发生，皇帝大赦天下，百官也得以升职加薪。

蜘蛛喜欢独立生活，非常讲究距离感，不会互相打扰。蜘蛛被分为两类，一类是游猎型蜘蛛，根本不结网，居无定所，四处游荡；一类是定居型蜘蛛，则会挖穴或筑巢，给自己打造一个稳定的住处。截然相反的两种生活习性，但对待自己产的卵时，两类蜘蛛又是出奇地一致，可谓倾其所有，毫无保留。

比起鸟类的巢，蜘蛛的巢堪称精妙绝伦，底部大、顶部小，外面包裹着的白缎子可以防水，而内部还有一层蓬松的丝，舒适且保暖。小蜘蛛在父母精心打造的巢中，安心长大。当建巢竣工后，蜘蛛就会离开自己的巢和卵。倾尽所有，除了衰老和疲惫，没有给自己留下任何退路，几天后，蜘蛛就会走向生命的尽头。

蛛丝十分坚固，蜘蛛就位于中央守株待兔，一有风吹草动，它就会迅速做出反应。神奇的是，它能分清到底是树叶还是真正的猎物来临。当小飞虫误入蛛网，蜘蛛就快速地迎上前，吐出黏丝将飞虫捆绑得结结实实，随后将其麻醉，等其变成液体之后，就成了盘中餐。

有人会好奇，既然蛛网的黏性如此之强，蜘蛛自己是怎么进退自如的呢？原来，蜘蛛的腿上会分泌出一种油，正是它帮助蜘蛛在黏丝上自由行动。许多人不知道的是，有的蜘蛛还可以用网做成一个气球，借着微风四处飘摇。

蜘蛛虽然长得不讨喜，但是谁让它是"喜从天降"呢，以后见了蜘蛛，不管早晚，都可以小开心一下了。

出处

东　山

我徂东山，慆慆不归。我来自东，零雨其蒙。我东曰归，我心西悲。制彼裳衣，勿士行枚。蜎蜎者蠋，烝在桑野。敦彼独宿，亦在车下。

　　我徂东山，慆慆不归。我来自东，零雨其蒙。果臝之实，亦施于宇。伊威在室，蟏蛸在户。町（tīng）畽（tuǎn）鹿场，熠耀宵行。不可畏也，伊可怀也。

　　我徂东山，慆慆不归。我来自东，零雨其蒙。鹳鸣于垤，妇叹于室。洒扫穹窒，我征聿至。有敦瓜苦，烝在栗薪。自我不见，于今三年。

　　我徂东山，慆慆不归。我来自东，零雨其蒙。仓庚于飞，熠耀其羽。之子于归，皇驳其马。亲结其缡，九十其仪。其新孔嘉，其旧如之何？

蜮（yù）

蜮，又叫短狐、水狐、水弩、射工，传说中能"含沙射人"，是一种害人虫。

众多史料记载中，大多都是在阐述它的鬼蜮伎俩。

《说文解字》记载："短狐也。似鳖，三足，以气射害人。"而且危害十足，"去人二三步即射，人中，十人六七人死"，致死率还是很高的。

《搜神记》有"其名曰蜮，一曰短狐，能含沙射人，所中者则身体筋急、头痛、发热，剧者至死"；《竹书纪年》有"周惠王二年，王子颓乱，王出居郑，郑人入王府多取玉，玉化为蜮射人"……诸多史料都将矛头指向这只小虫。

《博物志》和《经典释文》中也有所载，蜮有"水弩"之称，在它的口中有一条类似弓弩的横肉，当发现有人经过时，就会将沙粒作为子弹射向路人，人一旦被射中，就要生疮。传说哪怕影子被射中，人也是要生病的，因此蜮得名"射影"。

蜮

　　西汉文学家刘向认为，蜮生于南越，当地民风开放，男女会在一条河里洗澡，这是一种淫乱之风，所以由此生出蜮。

　　单是"短狐"这个名字，就很容易与狐狸精扯上关系。古时，有一种疾病就叫作"狐惑"或"狐蜮"，是受性诱惑而导致的。东汉末年著名医学家张仲景在《金匮要略》中对这种病做了解释："狐惑之为病，状如伤寒，默默欲眠，目不得闭，卧起不安，蚀于喉为惑，蚀于阴为狐，不欲饮食，恶闻食臭，其面目乍赤、乍黑、乍白。蚀于上部则声喝。"主要症状是口腔、眼部、阴部产生溃疡性病变。实际上，这完全是因为认知水平低而产生的误解。

在《大戴礼记》和《周礼》中，蜮则是一只蛤蟆，"四月……鸣蜮"，说它到了4月就会十分聒噪，所以汉人又给蛤蟆起了一个鼓造的名字。有意思的是，在《山海经·大荒南经》中，"有蜮山者，有蜮民之国，桑姓，食黍，射蜮是食"，到了蜮民之国，蜮则成了食物。

出处

何人斯

彼何人斯？其心孔艰。胡逝我梁，不入我门？伊谁云从？维暴之云。

二人从行，谁为此祸？胡逝我梁，不入唁我？始者不如今，云不我可。

彼何人斯？胡逝我陈？我闻其声，不见其身。不愧于人？不畏于天？

彼何人斯？其为飘风。胡不自北？胡不自南？胡逝我梁？祇搅我心。

尔之安行，亦不遑舍。尔之亟行，遑脂尔车。壹者之来，云何其盱。

尔还而入，我心易也。还而不入，否难知也。壹者之来，俾我祗也。

伯氏吹埙，仲氏吹篪。及尔如贯，谅不我知，出此三物，以诅尔斯。

为鬼为蜮，则不可得。有靦（miǎn）面目，视人罔极。作此好歌，以极反侧。

鱼卷

常有羡鱼心

　　闻一多先生认为："鱼是匹偶的隐语，打鱼、钓鱼等行为是求偶的隐语。"至于鱼为什么会象征配偶，最好的解释就是因为它超强的繁殖能力。他说："在古代，把一个人比作鱼，在某一意义上，差不多就等于恭维他是最好的人，而在青年男女间，若称其对方为鱼，那就等于说：'你是我最理想的配偶'"。

鲂

鲂，看偏旁部首就大概能猜到这是一种鱼，俗称三角鳊、乌鳊、平胸鳊。《本草纲目》解释说："鲂，方也；鳊，扁也。"看来这个名字是根据它的外形来设定的。

要说中国人与鱼的历史渊源，要从7000多年前说起。在农耕社会，鱼已经是人们餐桌上的美味佳肴，孟子说："鱼，我所欲也；熊掌，亦我所欲也。二者不可得兼，舍鱼而取熊掌者也。"鱼可以与熊掌相提并论，可见其珍贵。

《诗经·陈风·衡门》就记录了这一点："衡门之下，可以栖迟。泌之洋洋，可以乐饥。岂其食鱼，必河之鲂？岂其取妻，必齐之姜？岂其食鱼，必河之鲤？岂其取妻，必宋之子？"当时，吃鲤鱼和鲂鱼是一种时尚。

鲂鱼的鲜美，经过了不少人的认证。杜甫认为"鲂鱼肥美知第一"，北魏杨衒之在《洛阳伽蓝记》中写道："洛鲤伊鲂，贵于牛羊。"

　　周文王时，"王在灵沼，於牣鱼跃"，还有养鱼池。周代设有"渔人"这一官职，单看字面意思，似乎是专门钓鱼的人，实际上，周王的日常饮食中所需要的鲜鱼及鱼干会由他负责。捕鱼方法也是多种多样，如竿钓、网捕、笼捕、设池围捕等。

　　古人重祭祀，味道鲜美的鱼自然少不了，"猗与漆沮，潜有多鱼：有鳣有鲔，鲦鲿鰋鲤。以享以祀，以介景福"，用鲜美的鱼换虔诚的祈盼。《卫风·硕人》有"鳣鲔发发"一说，鱼和螽斯一样，繁殖能力强，所以也有多子多福的寓意。

如今，我们熟悉的武昌鱼，其实就是鲂的一种，学名团头鲂，是我国特有的淡水鱼。正宗的武昌鱼盛产于位于武汉东南的梁子湖，它是全国十大淡水湖之一，又被称为"武昌鱼母亲湖"。

　　1967年，生态学家易伯鲁教授在《关于武昌鱼》一文中写道："在鳊鲂鱼类中，有一种团头鲂是梁子湖的独特品种，梁子湖水从鄂城（今鄂州）樊口镇入大江，樊口镇便成了这种鱼的集散地。梁子湖除出产团头鲂外，也盛产三角鲂，而被称为武昌鱼的，当初也可能把三角鲂包括在内，不过三角鲂在我国其他湖泊中也有出产，如果要正名分，那么武昌鱼就应归团头鲂所专有，不应把另外两种在全国分布很广的鳊鱼称为武昌鱼。"从此，易伯鲁被尊为"武昌鱼之父"。

　　毛主席在畅游长江后，写下"才饮长沙水，又食武昌鱼。万里长江横渡，极目楚天舒。不管风吹浪打，胜似闲庭信步，今日得宽馀"的名句，让武昌鱼蜚声海内外。

出处

汝坟

遵彼汝坟，伐其条枚。未见君子，惄如调饥。

遵彼汝坟，伐其条肄。既见君子，不我遐弃。

鲂鱼赪尾，王室如毁。虽则如毁，父母孔迩。

鳑

　　鳑，即黄颡（sǎng）鱼，又叫黄辣丁、昂刺鱼、黄鸭叫、嘎牙子、黄骨鱼，反正名字五花八门。它有着顽强的生命力，且味道鲜美；白天常躲在岩石孔隙，黄昏或夜间才出来活动或觅食。祭祖少不了它，"有鳝有鲔，鲦鳑鳏鲤"；款待亲朋少不了它，"鱼丽于罶，鲿鲨鲂鳢"，是古人爱吃的一种鱼。

　　黄颡鱼有很高的营养价值，体内富含维生素E，可以抗衰老，还可以防近视。想要延缓衰老，永葆青春，多吃黄颡鱼是没错的。此外，它也有极高的药用价值，在《医林集要》中就有记载，黄颡鱼与绿豆、大蒜一起放在水中煮烂，食用煮好的绿豆可以治水气浮肿；《本草纲目》中，有"煮食消水肿，利小便；反荆芥"的记载，介绍了黄颡鱼有利尿消肿的疗效。

　　除了维生素E，黄颡鱼还富含人体所需的铜元素，尤其是孕妇要多注重摄取铜，因为从妊娠开始，胎儿对铜的需求急剧增加，尤其是妊娠后期，胎儿会大量吸收铜。所以对孕妇来说，可以多吃黄颡鱼。

要注意的是，黄颡鱼并不是越新鲜越好，切忌活杀现吃，更不适合生吃，因为它体内的细菌群落和寄生虫会引起腹痛腹泻，甚至还有让人中毒身亡的可能。所以，黄颡鱼虽然美味，但要吃得正确，千万不要给自己找麻烦。

黄颡鱼对水温有自己的要求，1℃～38℃都可以；0℃时，则会出现呼吸微弱的情况，静静伏在水底，活动大大减少，如果持续3天以上，就会死亡；39℃时，情况比0℃时还要糟糕，身体失去平衡，呼吸不畅，一天就会丧命。

"一溪春水泛黄颡，满树暄风叫画眉"，还是很美妙的。

鱼 丽

鱼丽于罶（liǔ），鲿鲨。君子有酒，旨且多。

鱼丽于罶，鲂鳢。君子有酒，多且旨。

鱼丽于罶，鰋鲤。君子有酒，旨且有。

物其多矣，维其嘉矣！物其旨矣，维其偕矣！物其有矣，维其时矣！

鲦

鲦（tiáo）鱼是小型杂食性鱼类，它还有白鲦、白条、鲹鲦、参条、穿条、窜条、青鳞子等名字，处在食物链的底端。《本草纲目·鳞三·鲦鱼》中说："鲦，生江湖中，小鱼也，长仅数寸。形狭而扁，状如柳叶。鳞细而整，洁白可爱，性好群游。"

在《诗经》中，鲦鱼并不常见，"猗与漆沮，潜有多鱼。有鳣有鲔，鲦鲿鰋鲤。以享以祀，以介景福"，夹杂在一众鱼中，格外不起眼。

《庄子·秋水》记载的"濠梁之辩"，是鲦鱼的高光时刻。庄子与惠子游于濠梁之上。庄子曰："鲦鱼出游从容，是鱼乐也。"惠子曰："子非鱼，安知鱼之乐？"庄子曰："子非我，安知我不知鱼之乐？"惠子曰："我非子，固不知子矣，子固非鱼也，子不知鱼之乐，全矣。"庄子曰："请循其本。"子曰："汝安知鱼乐云者，既已知吾知之而问我，我知之濠上也。"

庄子说，鲦鱼在水中悠然自得，这是鱼的快乐。惠子反问他，你不是鱼，怎么知道鱼的快乐。两个人唇枪舌剑，最终以庄子的胜利而结束。

唐代诗人独孤及在《垂花坞醉后戏题》中写道："归时自负花前醉，笑向鲦鱼问乐无。"苏东坡也在诗中写过："鲦从容出何为哉。"欧阳修的哥哥造了座亭子，名曰游鲦亭，欧阳修还为此写了篇《游鲦亭记》。

唐宋八大家之一的柳宗元在《小石潭记》中写道："潭中鱼可百许头，皆若空游无所依。日光下澈，影布石上，怡然不动；俶尔远逝，往来翕忽。"据猜测，这里说的鱼就是鲦鱼，"俶尔远逝，往来翕忽"，行动迅速。《水浒传》中的张顺，游起来特别快，如鲦鱼一般，所以人送外号"浪里白条"。

德国动物学家霍斯特发现了"鲦鱼效应"，即"头鱼理论"。鲦鱼因个体弱小，所以以群居为主，其中最为强健的鱼自然而然地成为首领，当这只最为强健的鱼被割除掉控制行为的鱼脑后，自制力下降，行动也就随之紊乱，即便如此，其他鲦鱼仍会追随它，这种盲目跟从的行为就是"鲦鱼效应"。

记住鲦鱼的美味，也记得不要盲目跟从别人。

潜

猗与漆沮，潜有多鱼。

有鳣有鲔（wěi），鲦鲿鰋（yǎn）鲤。

以享以祀，以介景福。

鲤

鲤，体侧扁，嘴边有长短触须各一对，肉可食。古代传说黄河鲤鱼跳过龙门就会变化成龙，大诗人李白诗云："黄河三尺鲤，本在孟津居，点额不成龙，归来伴凡鱼。"是鱼，是龙，一跃就知道了。中国唐代传递的书信以尺素结成双鲤鱼形，因而鲤又是书信的代称。

在冬季，鲤鱼会处于半休眠停食状态，到了春季，则要大量补充高蛋白食物，深秋则要积累脂肪。所以在春秋之际，以蚯蚓、河虾做饵料，最容易成功钓上鲤鱼。

泉州与鲤鱼有很深的渊源，古时，泉州被称为"鲤城"，明代方志史学家何乔远在《闽书》中说："小东门，其门直东湖之嘴，早日初升，湖光潋滟，如鱼饮湖水者然。"

台湾著名女作家、书画家龚书绵在《泉州湾的怀念》中写道："小时候，父亲在茶余饭后，总喜欢讲些地方上的逸闻趣事给我听。譬如说，泉州为什么叫作鲤城，因为地形像鲤鱼，邻界永春城则像一张大渔网。永春人善于经商，自从永春建城后，每年来泉州贸易，总是'渔翁得利'。因此泉州城利权外溢，其他遭遇也有许多艰难，后来决定在开元寺的两侧，建立东西两座高塔，作为刺破渔网的象征以后才得平安顺利。"

微山湖位于中国山东省济宁市微山县南部的断陷湖，北与昭阳湖、独山湖和南阳湖首尾相连，水路沟通，合称南四湖。奇特的是，微山湖的鲤鱼是四个鼻孔的，加上肉质细嫩，常作为贡品。

新婚之后请媒人吃饭，必须要吃"大鲤鱼"；当老人到了73岁时，作为女儿，必须送两条大鲤鱼，寓意着"七十三，吃条鲤鱼猛一

蹿"，祝福老人能够在73岁这一年无病无灾，即便遇到灾祸，也能同鲤鱼一般跳过去，延年益寿。

出处

衡 门

衡门之下，可以栖迟。泌之洋洋，可以乐饥。

岂其食鱼，必河之鲂？岂其取妻，必齐之姜？

岂其食鱼，必河之鲤？岂其取妻，必宋之子？

鳟

　　鳟鱼，身体扁长，有尖利的牙齿，跳跃能力强，行动敏捷。生活在淡水中，冷水最让其舒服，23℃以上会要了它们的命。作为杂食性鱼类，比较贪吃，植物和藻类、小鱼小虾，来者不拒。

　　《说文解字》解释说："鳟，赤目鱼也。从鱼，尊声。"由于生理结构不规则，而且颜色和习性千差万别，所以很难鳟鱼分类。最常见的是河鳟、虹鳟鱼、湖红点鲑、溪红点鲑，其中虹鳟鱼备受青睐，也是最早成为养殖品种的。

　　鳟鱼迄今有120多年的养殖历史，它肉质香甜，还有抗氧化的功效，备受食客青睐。不管水域是寒冷还是温暖，鳟鱼都能够适应，对生活环境不挑剔，所以在世界各地的渔场中多有养殖，但野生山海鳟、山鳟等鳟鱼已经濒临灭绝。

　　在韩国江原道，每年1月都会举办华川郡山鳟鱼庆典活动。因为山鳟鱼皮酷似松树树皮，山鳟鱼又有"松鱼"之称。在庆典活动中，给大家准备了专用来抓鳟鱼的衣服，鲜美的鳟鱼、热闹的氛围，是放松的好去处。

　　18世纪，德国诗人舒巴特在狱中曾写下《鳟鱼》一诗来表达对自由的渴望："明亮的小河里面，有一条小鳟鱼，快活地游来游去，像箭儿一样"，同时提醒风华正茂的年轻人，"应以鳟鱼为戒！看见危险，就得拔腿快跑"，说姑娘们缺乏心眼，常容易受骗上当，劝告她们要"看清引诱者拿着钓竿！否则，受苦而后悔莫及"。在他的笔下，鳟鱼是快乐的、自由的，也是危险的。之后，奥地利作曲家舒伯特将舒巴特的《鳟鱼》谱写成A大调钢琴五重奏的其中一个乐章，用音符将鳟鱼悠然自得的状态表现了出来，同时也表达了对鳟鱼的同情和惋惜。

鳟鱼是古老的，但希望它一直悠然自得，始终鲜活。

出处

九罭

九罭之鱼，鳟鲂。我觏之子，衮衣绣裳。

鸿飞遵渚，公归无所，於女信处。

鸿飞遵陆，公归不复，於女信宿。

是以有衮衣兮，无以我公归兮，无使我心悲兮。

鳣

鳣（zhān）即达氏鳇，是鲟科、鳇属软骨鱼类。它又叫含光、黄鱼、玉版鱼，起源于白垩纪时期，与早已灭绝的恐龙处于一个时期，正是因为足够珍贵，所以被称为"水中大熊猫"，又有"淡水鱼之王"的美称。此外，它还与同样大名鼎鼎的中华鲟有亲戚关系。

陆玑形容鳇鱼说："鳣出江海，三月中从河下头来上，形似龙，锐头，口在颔下，背上腹下皆有甲。"他说"形似龙"，足可见鳇鱼之长，纵览《诗经》，它应该是最长的一种鱼，可长达六米，重达一吨，所以十公斤左右的大马哈鱼在它面前，也只是食物而已。鳇鱼也有药用价值，《饮膳正要》说它"利五藏，肥美人"，《医学入门·本草》说它能醒酒，《医林纂要·药性》则说它能够"壮筋骨，长气力"。

乾隆皇帝在品尝过鳣后，称其"有目鳒而小，无鳞巨且修，鼻如矜翁戟，头似戴兜鍪"。此后鳣成为皇室青睐的美味，由此名字中带了个"鳇"字，即达氏鳇。《毛诗草木鸟兽虫鱼疏》记载了达氏鳇烹饪方法："可蒸可臛（huò），又可为鲊，子可为酱。"鳇可以煮，可以腌制，反正都是美味，最关键的是鱼子酱，即便是如今，也有"黑色黄金"之称。

达氏鳇全身上下没有鳞片，鲜美且营养价值高，是黑龙江的特有大型淡水鱼。即便是严寒的冬天，它也会选择留在黑龙江，而不像其他鱼类做长距离的洄游，冷水环境正是它喜欢的。

现代诗人闻一多先生认为："鱼是匹偶的隐语，打鱼、钓鱼等行为是求偶的隐语。"至于鱼为什么会象征配偶，最好的解释就是因为它超强的繁殖能力。他说："在古代，把一个人比作鱼，在某一意义上，差不多就等于恭维他是最好的人，而在青年男女间，若称其对方为鱼，那就等于说：'你是我最理想的配偶'"。达氏鳇一次可以产下60万～400万粒卵，如此之强的繁殖能力，也就难怪古人会用鱼来作为祝福语了。

可惜的是，因过度捕捞，1998年时，达氏鳇被认定为濒危物种。

出处

硕 人

硕人其颀，衣锦褧衣。齐侯之子，卫侯之妻。东宫之妹，邢侯之姨，谭公维私。

手如柔荑，肤如凝脂。领如蝤蛴，齿如瓠犀。螓首蛾眉，巧笑倩兮，美目盼兮。

　　硕人敖敖，说于农郊。四牡有骄，朱幩镳镳。翟茀以朝。大夫夙退，无使君劳。

　　河水洋洋，北流活活。施罛濊濊，鳣鲔发发。葭菼揭揭，庶姜孽孽，庶士有朅。

附录：

毛诗序

《关雎》，后妃之德也，风之始也，所以风天下而正夫妇也。故用之乡人焉，用之邦国焉。风，风也，教也，风以动之，教以化之。

诗者，志之所之也，在心为志，发言为诗。情动于中而形于言，言之不足，故嗟叹之，嗟叹之不足，故咏歌之，咏歌之不足，不知手之舞之足之蹈之也。

情发于声，声成文谓之音。治世之音安以乐，其政和；乱世之音怨以怒，其政乖；亡国之音哀以思，其民困。故正得失，动天地，感鬼神，莫近于诗。先王以是经夫妇，成孝敬，厚人伦，美教化，移风俗。

故诗有六义焉：一曰风，二曰赋，三曰比，四曰兴，五曰雅，六曰颂。上以风化下，下以风刺上，主文而谲谏，言之者无罪，闻之者足以戒，故曰风。至于王道衰，礼义废，政教失，国异政，家殊俗，而变风变雅作矣。国史明乎得失之迹，伤人伦之废，哀刑政之苛，吟咏情性，以风其上，达于事变而怀其旧俗也。故变风发乎情，止乎礼义。发乎情，民之性也；止乎礼义，先王之泽也。是以一国之事，系